신도 神刀無雙
무쌍

사도연 新무협 판타지 소설
FANTASTIC ORIENTAL HEROES

신도무쌍 1

사도연 新무협 판타지 소설

초판 1쇄 찍은 날 § 2009년 3월 9일
초판 1쇄 펴낸 날 § 2009년 3월 16일

지은이 § 사도연
펴낸이 § 서경석

편집장 § 문혜영
편집책임 § 문정흠
편집 § 정서진

펴낸곳 § 도서출판 청어람
등록번호 § 제1081-1-89호
등록일자 § 1999. 5. 31
어람번호 § 제2-1691호

주소 § 경기도 부천시 원미구 심곡2동 163-2 서경B/D 3F (우) 420-822
전화 § 032-656-4452 팩스 § 032-656-4453
http://www.chungeoram.com
E-mail § eoram99@chollian.net

神刀無雙
신도무쌍

사도연 新무협 판타지 소설
FANTASTIC ORIENTAL HEROES

1 마도쟁의

도서출판
청어람

目次

정마대전(正魔大戰)이 있었다.

언제 누구의 발단으로 시작되었는지도 모를 커다란 싸움은 결국 커다란 후유증만을 남겼다.

검을 든 자는 언제 그랬냐는 듯이 차가운 시체가 되었고, 도를 든 자는 심장이 부서졌다. 창을 든 자는 목이 없었으며, 권을 사용하는 자는 두 주먹이 사라졌다.

오로지 시체와 피로만 점철된 세상밖에는 없었다.

누가 죽었는지, 누가 살았는지도 모르는 세상 속에서 어언 삼십 년이라는 세월이 흘렀다.

정파인도 마인도 구별되지 않는 시대에, 영웅은 바람에 묻혀 사라지고 삼류무사가 천하제일인이 되었다가 다음날 목이 꺾이는 사태가 연달아 일어났다.

그리고 여기에 또 하나의 패기(覇氣)가 끊어졌다.

마교의 본산 천산(天山)의 모든 대소 형벌을 관리하는 집법원 중심에 한 남자가 무릎을 꿇고 있었다.

굳게 다문 입술에서는 알 수 없는 의기가 느껴졌다.

팔다리의 힘줄이 끊어지고 천년독각사(千年獨角蛇)의 힘줄을 몸에 심어 사지를 굳게 하여도, 만년한철(萬年寒鐵)로 만들어진 쇠사슬로 몸을 칭칭 감아도, 단전을 파훼하고 교룡(蛟龍)의 이피(理皮)를 박아도, 두 눈에 학정홍(鶴頂洪)을 뿌려도 남자는 쓰러지지 않았다.

오히려 의기있게 주위를 훑어볼 뿐이었다.

두 눈이 멀었어도 이곳에 너희들이 있다는 것을 알고 있다는 듯한 표정이었다.

좌우로 도열한 천년마교의 장로와 원로, 대소 신료들을 비롯한 삼십 년 전쟁에서 살아남은 이들은 한때 강호의 전면에 서서 쩌렁쩌렁하게 전장을 울렸던 남자의 비참한 최후를 차마 지켜보지 못한 채 고개를 옆으로 돌렸다.

절대 꿇리지 않을 것 같던 자.

사도수(死度秀) 비연(泌然).

중원에서 건너와 한때 교주의 사랑을 듬뿍 받으며 차기 교주로까지 거론되던 그가 이곳에 있었다.

사부의 심장에 검을 꽂는 패륜을 저질렀다는 이유 하나만으로 말이다.

수많은 이들의 정점엔 천년마교의 교주 대마종을 대신해 집법전주 천도해가 서 있었다.

잠시간의 적막이 흘렀다. 천도해는 침음성을 흘리며 비연을 향해 물었다.

"마지막으로 남기고 싶은 말은?"

"내가 선택했던 길에 후회란 없소."

"그게 마지막 말인가?"

비연의 입가에 조소가 걸렸다.

"내가 무슨 말을 하든지 당신들은 이해하지 못하겠지. 하지만 내가 이곳에 돌아오는 날……."

비연은 주위를 쭉 훑어보았다.

눈을 잃어 시야는 깜깜했지만, 그의 뇌리 속에는 그를 지옥의 구렁텅이로 몰아넣은 자의 얼굴이 그려져 있었다.

"당신들은, 아니, 하늘은 나를 저버린 것을 후회하게 될 것이오!"

지옥 밑바닥에서부터 올라온 듯한 음산한 목소리에 마인들은 일제히 몸을 떨었다.

천도해는 가만히 눈을 감았다.

비연이 사부의 가슴에 칼을 꽂는 패륜아가 아님을 누구보다 잘 알고 있다. 비록 적들과 싸울 때는 손속이 잔인하여 사도수라는 별호를 얻었지만, 주위 사람들에게는 너무나 성실하고 착한 아이였다.

하나, 이 사건에 대한 증거가 너무나 명백했기에 그를 두둔할 수는 없었다. 곧 그의 명이 떨어졌다.

"제자 사도수 비연! 폐(廢)!"

비연이 작은 목소리로 중얼거렸다.

"유 매(柳妹), 이런 날 용서해 주오."

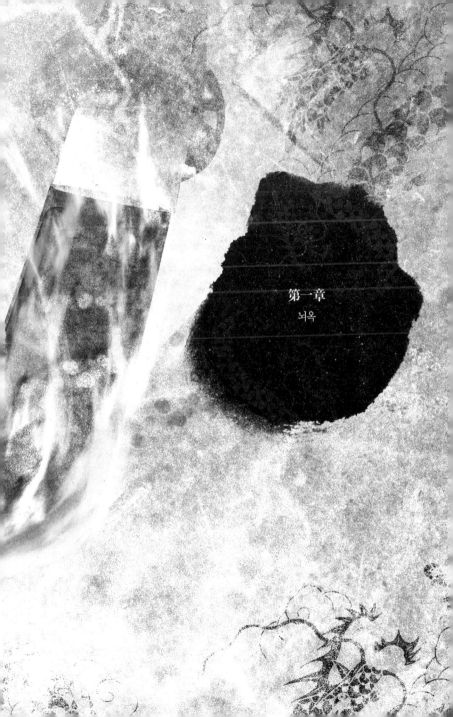

第一章

뇌옥

神刀無雙
신도무쌍

철그럭철그럭!

쇠사슬이 땅에 끌리는 소리가 들렸다.

깜깜한 동굴이라 아주 작은 소리도 울려서 크게 들리건만, 소리의 주인은 그것을 신경 쓰지 않는 듯했다.

철그럭철그럭!

쇠사슬이 동굴 바닥에 끌리는 소리에 묻혔지만, 그전에는 맨발로 땅을 밟는 소리도 들렸다.

철그럭철그럭!

빛 한 점 비치지 않는 어두운 동굴 저쪽 편에서부터 사물 윤곽만 대충 파악할 수 있을 정도의 횃불이 다가오기 시작했다.

"휴우! 이곳은 정말이지, 흉흉하구나."

횃불을 들고서 가장 앞에서 걷던 남자가 혀를 내둘렀다.

암연동(黯然洞)이라는 소름 돋는 이름을 가진 동굴이다.

피와 광란을 그 누구보다 좋아한다는 마인들이었지만, 암연동은 마인들의 오금마저 저리게 할 정도의 보이지 않는 무언가를 내포하고 있었다.

"쓸데없는 말 하지 말고 제대로 길이나 걸어. 아까 전처럼 잘못 걷다가 엎어지지나 말고."

남자의 뒤를 따라오던 동료 녀석이 핀잔을 던졌다.

사내 녀석이 뭐가 그렇게 말이 많으냐는 투였지만, 그 역시 으스스한 기분이 드는 것은 어쩔 수 없었다.

"옛날에 대마인(大魔人)이 이곳에 살았다고 하더니, 역시 흉흉하긴 하구나."

"그러게. 찬바람도 쌩쌩 불고. 이제는 웬만한 추위에도 끄떡없다고 생각했는데, 여기 동굴의 바람은 정말 쌀쌀하네."

대화를 나누던 둘은 혀를 내둘렀다.

마교 내에서도 금역으로 지정된 암연동이다.

전설에는 한때 마교를 쩌렁쩌렁하게 울렸던 대마인이 봉인되었기 때문에 금역이 되었다는 설도 있지만 확인된 바는 없다.

하지만 정확한 것은 암연동이 뿜어내는 불길한 느낌이 뼛속까지 시리게 만든다는 점이었다.

"후우우, 춥다."

횃불을 든 남자는 혀를 차며 종종걸음을 옮겼다.

뒤를 따르던 동료 역시 이에 뒤질세라 발걸음을 재촉했다.

철그럭철그럭!

그 뒤를 쇠사슬 소리가 따랐다.

암연동의 음산한 분위기에 맞물려 오히려 잘 어울리기까지 했다.

횃불을 든 남자는 제일 뒤에서 따라오는 쇠사슬 소리의 주인을 보았다.

"언제나 영원할 것 같은 당신이 어쩌다가 이리 되신 것인지……."

사내는 오랜 세월 고초를 겪은 탓인지 몸 여기저기 성한 곳이 없었고, 얼굴은 뼈와 가죽만이 남아 있다고 생각될 정도로 초췌했다.

하지만 가장 인상적인 것은 온몸을 거친 쇠사슬로 칭칭 감고 있다는 것이었다.

허벅지부터 시작하여 목 아래까지 굵직한 쇠사슬로 감은 탓에 사내는 종종걸음으로밖에 걸음을 옮길 수가 없었다.

거기다 눈을 잃었는지 가만히 눈을 꼭 감은 채로 걸음을 옮기는 모습에서는 위태로움마저 느껴질 정도였다.

처음엔 너무 힘들어 보여 남자들이 사내를 부축해 주려 했다. 하지만 곧 그들은 그것을 포기해야만 했다. 사내의 근방에도 다가갈 수가 없었기 때문이다.

비록 몰골이 상했다고 하나 그가 내뿜는 패기는 범인을 초월했다.

한때 수많은 마인들을 제치고 제일이라 불렸던 사람은 역시 달라도 많이 다른가 보다.

단전을 폐하고, 힘줄을 끊고, 그것으로도 모자라 비혈구(非穴球)까지 주요 혈도에 박은 사내다.

하지만 그가 옮기는 걸음걸이 하나하나에서 느껴지는 압박감은 이루 말로 표현할 수 없었다.

그런 사내를 대하는 그들의 태도에서는 공경심이 절로 묻어났다.

"……."

사내는 암연동에 발을 옮기고 나서부터는 일체 단 한 번도 입을 열지 않았다.

그저 묵묵히 걸음만 옮길 뿐이었다.

손을 자유롭게 쓸 수 없고, 보폭도 조금씩밖에 옮길 수 없으면서도 그는 갑갑한 심정 하나 느끼지 않는 듯했다.

암연동에 들어온 지도 거의 반 시진이 되었을 무렵, 드디어 그들은 목적으로 잡은 곳에 도착할 수 있었다.

암연동 입구에 설치된 첫 관문과 비슷한 형식으로 설계된

두 번째 관문에 당도하게 된 것이다.

　횃불을 든 남자가 사내를 보며 말했다.

　"여기까지의 안내가 저희들의 임무입니다."

　"……."

　"이 앞으로는 더 이상 저희들이 안내할 수 없습니다."

　"……."

　"소주(少主)께서 홀로 가셔야 합니다."

　사내는 여태껏 그래왔듯이 계속 묵묵부답만을 고수했다. 하지만 '소주'라는 단어에 고개를 돌렸다.

　너무나도 익숙한, 하지만 이제는 두 번 다시 듣지 못하게 된 단어였기 때문이다.

　"소주라……. 아직도 나를 그리 부르는가?"

　음산한 목소리다. 가슴속에 내려앉은 심연의 밑바닥을 긁는 듯한 목소리에 마인들은 소름이 돋았다.

　하지만 그것은 너무나 듣고 싶었던 목소리이기도 했다.

　항상 전장에 설 때면 그 목소리는 승리의 전언이 되었다. 오랜 전쟁에 심신이 지쳐 쓰러질 때에 그 목소리를 듣게 되면 없던 힘도 절로 생겨나 몸에 활력이 돌았다.

　그는 모든 마인의 우상이었다.

　지금은 비록 이렇게 한없이 추락하였으나, 그들의 가슴속에서 사내는 영원한 작은 주인이었다.

　"당신은… 우리들의 소주이십니다."

"그렇습니다!"

"그런가……."

사내의 입가에 쓴웃음이 걸렸다.

단전이 폐해져 무인으로서의 능력을 상실한 이후 처음으로 보인 감정 표현이었다.

"나는 사부의 가슴에 칼을 꽂는 패륜을 저질렀다."

"당신이 그럴 존재가 아니라는 것을 압니다!"

"그 증거가 너무나 명백한데도?"

"증거 날조는 얼마든지 가능하지 않겠습니까."

"그래. 아직 그렇게 생각해 주는 사람이 있을 줄은 몰랐군."

입가엔 쓴웃음이 걸렸지만 속은 너무나 기뻤다.

자신을 아직도 믿어주는 사람이 있다는 사실이 기뻤다. 하지만 이제 교와 자신은 아무런 관련도 없었다.

"다시 재기하실 생각이 없으십니까?"

"없다. 있다고 하더라도 이제 나는 모든 것을 잃어버렸다. 너희들에게 헛된 꿈과 희망을 심어주고 싶지는 않구나. 여기까지 안내해 주어서 고맙다. 이제 이만 헤어지자꾸나."

"소주……!"

사내는 관문 바로 앞에 섰다.

철그럭.

갑자기 쇠사슬 끝이 마치 살아 있는 생물처럼 두둥실 떠올랐다.

쿠르르르, 하는 소리와 함께 미약한 떨림이 감지되었다.

문 중심부가 서서히 열리기 시작했다.

여태껏 암연동 내부가 그저 음산한 느낌이었다면, 문 안쪽은 마치 금방이라도 귀곡성이 흘러나올 듯한 지옥 한복판 같은 느낌이었다.

사내는 안쪽으로 저벅저벅 걸어 들어갔다.

그러더니 잠시 고개를 뒤로 돌려 마인들에게 살며시 미소를 지어주었다.

쿵!

곧 기관이 다시 작동되며 문이 닫혔다.

"가셨군."

"그래, 가셨다."

"암연동 무간뇌옥(無間牢獄)이라니……."

"역시나 전설은 사라지기 때문에 전설이라는 것인가……."

두 마인은 이제 전설이 되어버린 사내의 마지막 뒷모습을 상기하며 반대쪽으로 걸음을 옮겼다.

굳게 닫힌 뒷문만이 그들의 뒤를 배웅할 뿐이었다.

무간뇌옥.

문 앞에 쓰여진 으스스한 느낌을 주는 네 글자가 있었다.

사내는 그것을 보지 못했지만, 문의 바깥쪽과 안쪽의 공기가 확연히 다르다는 것만은 느낄 수 있었다.

"이곳에 오게 될 줄이야."

아주 먼 옛날에 교에서도 통제가 불가능했던 전설의 대마인을 가까스로 봉인시켰다는 곳.

다가가는 것조차 꺼림칙하게만 여겨졌던 암연동에 들어온 것으로도 모자라, 이렇게 가장 밑동인 무간뇌옥까지 들어오게 될 줄은 불과 한 달 전만 해도 그로서는 전혀 상상할 수도 없었다.

"큭. 그래, 이게 다 내가 못난 탓이지."

사내는 문가에 등을 대며 중얼거렸다.

적자생존의 법칙이 그 어느 곳보다 강한 마교다.

어제의 영웅이 오늘의 반역자가 되어 목이 꺾이는 것은 일상다반사나 마찬가지였다.

그것을 생각하지 못하고 멍하게 있다가 당해 버린 자신이 멍청할 뿐이라고 생각했다.

다만, 이렇게까지 자신을 밑바닥으로 추락시킨 존재에 대한 원한은 삭일 수 없었다.

"진성……."

한때는 자신의 심장을 내주어도 아깝지 않을 벗이라고 생각했던 자의 이름이 흘러나왔다.

그리고,

"유 매……."

이제는 다시 볼 수 없을 연인이 눈에 밟혔다.

영원히 함께하자고 약속했던 지난날의 맹세가 덧없이 바람에 흩날려 사라져 버렸다. 마음은 저만치나 가 있는데 몸은 다가갈 수 없다.

이제는 눈조차 뜰 수 없기에 그 고통은 더욱더 컸다.

사내, 한때는 사도수라 불리며 마교의 소교주 자리에까지 올랐던 비연은 눈가를 타고 흘러내리는 눈물도 닦지 않은 채 가만히 눈을 감았다.

*   *   *

핑!

마도(魔刀)가 날아든다.

검게 흑칠된 마의 칼날이 선을 긋자, 그 위로 살점이 찢기며 피가 사방으로 튀었다.

푸우우우!

잔혹하다 할 수 있는 광경이었다.

모로 쓰러지는 적은 반쯤 갈라진 목을 부여잡다가 이내 목숨을 잃었다.

하지만 마도의 주인은 무심한 눈길로 상대를 바라보고만 있을 뿐이었다.

그가 딛고 있는 곳. 이곳이야말로 그의 잔혹한 성정을 너무나 잘 알려주기 때문이었다.

발을 디디는 곳곳마다 시체가 깔려 있다.

한데 이상한 것은 시체들이 여태껏 마도의 주인이 걸어온 길을 따라 쓰러져 있다는 것이었다.

백 명이다.

그것도 한때 화산이 자랑하며 마교를 골치 아프게 했던 매화백검수(梅花百劍秀)였다.

단신으로 매화백검수의 목을 모두 날리는 쾌거를 이루어 내고서도 사내는 별 감흥이 일지 않은 표정이었다.

휙.

마인은 도에 묻은 피를 털어내며 무심한 목소리로 입을 열었다.

"마영(魔影)."

"하명하십시오."

그림자가 살짝 일렁이는 듯한 착각과 함께 한 사내가 부복한 채로 모습을 드러냈다.

마교의 소교주 사도수 비연의 호위대인 마영대의 대주 마영이었다.

"적들의 동태는?"

"정도맹의 현무단이 일차 전선 밖으로 물러났습니다."

"현무단이 물러났다?"

"예. 소주의 등장으로 말미암아 백팔마군(百八魔君)이 나타나자 후퇴를 한 것으로 보입니다."

"그리고 나를 막기 위해 매화백검수가 희생을 했고?"

"그렇습니다."

사도수는 조소를 날렸다.

"멍청하군."

정도맹을 향해 날린 그의 비웃음은 틀린 것이 아니었다.

비록 사도수의 마도(魔刀) 묵예(墨銳)의 칼날 아래 매화백검수가 모두 희생되었다고 하나, 이들은 화산이 자랑하는 정예 검대다. 정도맹 사군단 중 한 곳인 현무단을 상징하는 이름이나 마찬가지였다.

그런 그들을 단순히 후퇴하기 위해 희생시켜 버렸으니, 혹을 떼려다가 다리 두 쪽을 모두 잃어버린 셈이었다.

물론 현무단의 입장으로서는 등장하기만 하면 최소 절반 파훼, 혹은 몰살까지 몰고 가는 소교주 사도수의 등장에 목숨을 부지하기 위해 줄행랑을 친 것일 수도 있다.

또한 매화백검수의 무용을 잘 알고 있는 그들이기에 설마 모두 죽기야 하겠느냐는 심산도 있었을 것이다.

되레 매화백검수 모두가 덤빈다면 사도수의 목을 꺾을 수 있을지 않을까 하는 기대감이 어려 있었다.

연일 행사처럼 느껴지는 난전 속에서 사도수는 늘 전장의 앞에 서서 마인들을 호령했다. 가장 앞에서 적을 베고, 전선에 있는 수하들과 함께했다.

그런 까닭에 정도맹에서는 늘 사도수라는 존재가 눈엣가시 같은 존재였다.

그런 그를 잡는다?

가장 전면에 서기에 일 대 백의 싸움, 즉 난전으로 몰고 갈 수도 있다.

그렇다면 사도수가 제아무리 강하다 한들 눈먼 칼날에 죽지 않으리라는 보장도 없었다.

하나 웬걸, 결과는 너무나 뜻밖이었다.

붉은 노을을 가슴에 품고 매화의 향기를 사랑했던 화산검수 백 명은 이름도 모를 대지 위에 이렇게 주검으로 화했다.

동기가 아무리 그렇다 한들 이곳은 전장.

결과가 가장 최우선시 되고, 결과가 장수의 능력으로 검증되는 곳이다.

그러니 사도수가 현무단을 비웃는 것도 무리는 아니었다.

"현무단을 뒤쫓는 병력을 반으로 줄여라. 매화백검수를 모두 쓰러뜨렸으니 이번 전투는 우리가 승리한 것이나 다름없다."

"존명!"

"나는 이대로 천막으로 돌아가겠다. 보고할 사항이 있으면 십비(十秘)를 통하도록."

"복명!"

명령을 모두 받은 마영은 다시금 그림자에 녹아들어 사라졌다.

사도수는 매화백검수의 시신들을 한눈에 담다가 이내 뒤로 돌아 걸음을 옮겼다.

소교주가 되어 언제 살수의 칼날이 날아올지도 모르는 상황이기에 이런 전장 위를 홀로 걷는 것은 다소 무리가 따를지도 모른다.

하지만 사도수는 교주 대마종을 제외하고 교 안에서 제일의 마인이라 불리는 존재였다.

젊은 나이임에도 불구하고 천마호심공(天魔護心功)을 대성하고 구류화마도(九流火魔刀)의 후삼식 중 두 개나 익혀냈다.

대마종조차 사도수의 나이에 이루지 못했다는 경지를 밟고 있으니, 그에게 호위라는 것은 쓸데없는 짓이었다.

사도수는 어느새 천막에 다다랐다.

길게 늘어선 천막들은 마교 천원당(天元堂)을 모두 옮겨온 만큼 그 크기나 규모 면에서 타의 추종을 불허했다.

정도맹과 마교의 전쟁이 얼마나 오래되었는지 알려주는 대목이었다.

그에게 배정된 가장 큰 천막의 문을 열고 안으로 들어가자, 의외로 소교주에 어울리지 않는 소박한 실내가 모습을 드러냈다.

항상 수하들과 함께 걷기를 원하는 그의 소박한 성정답게 내부도 조촐하기 그지없었다.

하지만 사도수의 눈에 잡힌 것은 천막 내부의 모습이 아니었다.

그의 시선은 가만히 의자에 앉아서 조용히 단잠에 빠져 있는 한 여인에게 향해 있었다.

소교주의 연인. 이 세상에서 유일하게 사도수의 얼음장 같은 심장을 녹여 훔쳐 달아난 여인이 곤히 자고 있다.

사도수는 가만히 그녀의 옆으로 다가갔다.

유수연은 고개를 살짝 뒤로 젖힌 채로 잠들어 있었다.

살짝 입가에 침도 흘리는 것이 귀엽게만 느껴졌다.

사도수는 그녀가 깰까 조용히 걸음을 옮겨 맞은편에 앉아 턱을 괴고서 가만히 그녀의 얼굴을 보았다.

마인들의 영원한 꽃이라 불리는 그녀는 너무나 아름다웠다.

사도수는 자신도 모르게 입가에 희미한 미소를 달았다.

"많이 지쳤나 보구나."

오랜 전쟁으로 인해 힘든 것은 전면에 선 마인들뿐만이 아니었다.

교의 머리 역할을 담당하는 마뇌각(魔腦閣) 역시 마찬가지였다.

여인, 유수연은 그런 마뇌각의 부각주를 맡고 있었다.

요즘 들어 감숙 전선에서 현무단과의 싸움이 잦은 탓에 많이 지쳐 있었나 보다.

지금도 한창 바쁠 텐데 이렇게 오랜 싸움으로 지친 연인을 보기 위해 찾아온 것 같았다. 그녀도 정신적으로 많이 지쳐 있을 텐데 말이다.

너무나 사랑스러운 모습. 남자가 되어 이런 여인을 어찌 사랑하지 않을 수 있을까.

사도수는 유수연의 뺨을 쓰다듬기 위해 자신도 의식하지 못한 사이에 손을 뻗었다.

손끝이 그녀의 볼을 가만히 쓰다듬으려는 찰나, 갑자기 유수연이 화들짝 놀라며 일어났다.

"앗! 내가 지금 뭘 하고 있는 거지?"

유수연은 허겁지겁 일어나 우왕좌왕했다.

사도수를 기다리고 있는 동안 자신도 모르는 사이에 잠에 빠졌다는 사실을 깨달은 것이다.

"아! 비 랑(泌郎)이 이 모습을 보면 안 되는데!"

발을 동동 구르고 있는 그녀의 모습을 보며 사도수가 입을 열었다.

"나를 찾소, 유 매?"

"예. 비 랑이 내가 자고 있는 모습을 보면 또 한동안 그걸로 놀리기 때문…… . 어! 비, 비, 비 랑! 왜 여기에?"

비연은 흐뭇한 미소를 지었다.

"너무나 맛있게 자고 있어서 깨우지 못했소. 그나저나 이렇게 빈틈을 보일 줄이야. 유 매라도 어쩔 수 없나 보오?"

"칫! 놀리지 말아요!"

"핫핫! 알았소, 알았소."

꿈속에서의 그는 너무나 행복했다.

*   *   *

"…꿈이었나 보군."

비연은 가만히 눈을 뜨며 중얼거렸다.

얼마 만의 꿈이었는지.

지난 한 달간, 쉽게 말로 표현할 수 없는 고진 고초를 수없이 겪은 탓에 쉽게 잠에 들지 못했다.

하지만 홀로 무간뇌옥에 떨어진 이 순간에 단잠을 자게 될 줄이야.

깨고 싶지 않은 꿈이었다. 영원히 반복되었으면 하는 꿈이었다.

그녀가 있는 곳이라면 하늘이든, 저 세상이든, 꿈이든 상관없었다. 그저 아무런 근심 걱정 없이 그녀와 함께하고 싶을 따름이었다.

"하지만 나는 쉽게 스스로를 꺾을 수도 없지."

고초를 겪는 순간은 마도 묵예의 주인 사도수에게 있어 치욕과도 같은 나날들이었다. 그런 시간을 버틸 수 있었던 이유는 그녀가 항상 그의 가슴속에 살아 있기 때문이었다.

"꼭 사셔야 해요. 꼭. 꼭……."

몇 번을 쓰러지더라도, 몇 번을 무너지더라도 다시 일어나라고 말하던 그녀가 머릿속에 떠오른다.

가만히 가슴 앞에 두 손을 모은 채 기도하던 유수연의 모습은 몇 년이 흐르고 몇십 년이 흘러도 잊지 못할 것이다.

"그래, 나는 살 것이오. 무슨 일이 있더라도 반드시 살아남아서 밖으로 나갈 것이오. 그리고 당신을 되찾고, 나를 이렇게 만든 그에게 물을 것이오. 왜 그리해야만 했는지를."

심장이 몇 번이고 부서져 내린다.

가슴에 새긴 다짐은 피가 되어 흘러내리고, 강을 이루다 이내 바다가 된다.

심연 한 폭에 그려진 그 다짐을, 반드시 살아서 나가겠다는 일념을 다시금 심장에 새겨 넣었다.

"일단 이곳이 어떤 곳인지를 파악해야겠군."

먼저 이곳에서 살아남기 위해서는 무간뇌옥이 어떤 곳인지를 파악할 필요가 있었다.

먹을 것을 조달할 곳과 이곳을 빠져나갈 때에 어디를 통해 나가야 하는지를 우선 알아야 했다.

"먼저 식량이 있는 곳부터 찾아봐야겠군."

아무것도 없이 백 년간 버려졌던 무간뇌옥에서 먹을 것을 어디서 구하겠는가마는, 그래도 오랜 세월을 전장에서 보내온 터라 웬만한 것은 다 소화시킬 수 있었다.

역겹더라도 박쥐, 개미, 벌레 따위의 것들만 있어도 며칠을 살아갈 영양분을 공급받는 데는 충분했다.

철그럭철그럭.

발걸음을 옮길 때마다 쇠사슬이 땅에 부딪치며 요란하게 울려댔다.

상당히 귀에 거슬리는 소리였지만, 이제 그에게는 없어서는 안 될 익숙한 벗과도 같았다.

철그럭철그럭.

보폭이 좁아 휘청거리길 여러 번 반복했지만, 비연은 마치 앞이 보이는 사람처럼 단 한 번도 넘어지지 않았다.

비록 단전이 파훼되고 두 눈을 잃었어도, 아주 오래전에 열었던 심안(心眼)은 닫히지 않은 까닭이었다.

주요 혈과 힘줄이 끊어져 하단전은 다시는 복구시킬 수 없을 정도로 무너졌다.

중단전 역시 하단전에서 기운이 공급되질 않자 닫혀 버렸다.

하지만 상단전은 그렇지 않았다.

그의 단전을 폐했던 마인들이 그가 상단전을 개척했다는 사실을 알지 못해 상단전에는 손을 대지 않았던 것이다.

천안연결(千眼然訣)이라는 이름의 무공이다.

감숙 전선에서 매화백검수를 벨 당시 우연히 화산 장로에게서 습득할 수 있었다. 구결은 그저 단순한 건강도인과 노자 사상의 도덕경 정도로밖에는 보이지 않았다.

하지만 그 속은 도를 궁구하여 천안(千眼)을 얻고, 나아가 천통(天通)을 깨달아 심안(心眼)을 여는 데에 목표가 있었다.

정파의 무공이라고 하지만 사도수는 그것을 익히는 데 주저하지 않았다.

그가 젊은 나이에 이토록 강해질 수 있었던 이유에는 피눈물 나는 노력과 사선을 넘나들며 새긴 경험도 있지만, 무학에 대한 끝없는 탐구심도 단단히 한몫했다.

그것이 설사 탕마멸사를 외치는 것이라 하더라도 필요하다 싶으면 바로 익혔다.

정공과 마공의 상쇄 충돌은 걱정하지 않아도 되었다.

그가 익힌 무공의 중심에는 교주의 절학인 천마호심공이 아닌, 중원의 자그마한 장원이었던 소가장의 승륜심결(乘輪心訣)이 있었기에.

여하튼 천안연결을 통해 심안을 열어 눈이 멀었어도 그는 두 눈이 성한 사람처럼 잘 걸을 수 있었다.

아니, 도리어 두 눈이 훤한 사람보다 더 앞을 잘 볼 수 있었다.

심안은 천통을 깨달아 육감을 극대화시키고 삼라만상의 이치마저 구현해 내는 천안통(天眼通)의 경지다.

천안통 앞에서는 그 어떤 장애물도 방해가 되지 않았다.

철그럭철그럭.

발걸음을 옮기던 중 비연은 이상한 낌새를 느꼈다.

"음……?"

그의 걸음과 함께 정체를 알 수 없는 무언가가 뒤따라오는 느낌이 포착되었기 때문이다.

처음에는 단순히 감으로만 여겼지만, 곧 그 생각을 접었다.

천안연결을 통해 천안통을 연 그는 절대 '착각'을 할 수가 없다. 오성이 극에 달하고 신(神)의 세계가 보이기 때문이다.

"누구냐?"

비연이 음산한 목소리로 말했다.

그만이 들을 수 있을 정도로 작았지만, 공간이 협소한 동굴인지라 소리는 곧 메아리에 실려 크게 울렸다.

시싯!

바람이 흩날리는 소리가 들렸다.

이번엔 단순히 착각으로 여길 수 있는 소리가 아니었다. 심안이 그것을 '보았기' 때문이다.

철그럭.

비연은 자신의 몸을 감싸고 있는 쇠사슬을 풀어냈다.

마치 붕대를 푸는 것처럼 몸을 꽁꽁 묶고 있던 쇠사슬이 바닥에 널브러지면서 앙상한 그의 몸이 모습을 드러냈다.

거죽이 된 옷, 찢겨진 틈새 사이사이로 갈비뼈가 보일 정도로 앙상한 몸이었지만 쇠사슬을 들고 있는 그의 모습은 전혀 약하다거나 하는 느낌이 들지 않았다.

그가 들고 있는 쇠사슬에서 흉흉한 기세가 느껴졌다.

북해의 대지에 수십 개의 빙정(氷晶)이 녹아 압축되고 쇠에 융합되어 철을 이루었다는 만년한철이다. 만년한철로 만들어진 쇠사슬은 그 자체만으로도 한 개의 병기였다.

단전을 잃고 힘줄마저 끊겨 근육은커녕 살도 남아 있지 않은 비연이 어떻게 쇠사슬을 칭칭 감고 다닐 수 있는지는 아무도 모른다.

사도수가 무인으로서의 능력을 모두 잃었다고는 하지만 여전히 그는 마인들에겐 공포의 상징이었다.

그 탓에 그의 몸을 만년한철로 만들어진 쇠사슬로 묶었던 것인데, 이렇게 지금 그의 무기가 될 줄은 그 어느 누구도 꿈에서조차 알지 못할 것이다.

비록 무공을 모두 잃었다고 하나, 그는 여전히 한 명의 무인이었다. 아직 그에겐 천안연결이라는 심법이 남아 있기에…….

척, 척.

비연은 쇠사슬 끝을 잡으며 앞으로 걷기 시작했다.

아무도 없을 거라고 생각했던 무간뇌옥. 그곳에 있는 자다. 결코 얕보아서는 안 되었다.

천안연결로 축적해 둔 진기로 싸울 수 있는 시간은 극히 짧았다.

그마저 힘줄이 끊어지고 혈도에 비혈구가 박힌 탓에 몸을 움직이는 것이 상당히 불편했다.

단 두 번. 비연에게는 두 번의 기회만 있을 뿐이었다.

'어디인가……'

비연은 가만히 생각에 잠겼다.

상대가 어디로 움직이는지 가만히 심안에 몸을 맡겨보았다.

처척!

쉭!

바람처럼 움직인다. 표홀하기 그지없는 움직임이었다.

기척조차 남기지 않는 신법에서 고수의 냄새가 물씬 풍겨 났다. 그것도 그가 사도수 시절의 힘을 모두 드러내어도 승부를 장담하기 힘들 정도로 강한 상대였다.

"거긴가……"

하지만 천안심결은 그림자와 같은 놈의 움직임을 단박에 포착해 냈다.

그그그그그!

쇠사슬이 단번에 움직이며 공간을 갈랐다.

끝에 추가 달려 있었다면 잔혹한 무기가 되었겠지만, 지금의 일격도 충분히 위협적이었다.

쉐에에엑!

쇠사슬은 그 무지막지한 무게에 어울리지 않게 빠른 속도로 날아들었다.

펙!

천안연결의 힘을 고스란히 담은 일격이 공간을 강타했다.

아무도 없는 허공에 쇠사슬이 갑자기 멈춘 듯한 광경이었다. 하지만 곧 파스스스, 하는 소리와 함께 이상한 몰골의 괴인 한 명이 쇠사슬 끝을 양팔로 쥔 채로 나타났다.

"겔겔겔! 제법이야. 야고(夜孤) 녀석이 인물을 만들어낼 줄은! 으핫핫핫! 네가 바로 천혼(千魂)이냐?"

"무슨 소리지?"

야고? 천혼? 알 수 없는 말에 비연은 아미를 찌푸렸다. 하지만 곧 다시금 쇠사슬을 쥔 손에 힘을 실었다.

"어떻게 무간뇌옥에 이인(異人)이 있는지 모르나, 기척을 죽이고 다가오려 했다는 점으로 미루어 봐서는 절대 좋은 용건으로 온 건 아니겠군."

비연은 다시금 괴인에게 쇠사슬을 던졌다. 극광추라는 이름의 절기였다. 마지막 한 번의 기회. 남은 진기를 쥐어짜 날린 혼신의 일격이었다.

펙!

하지만 이번 공격 역시 너무나 손쉽게 막혔다. 괴인은 쇠사슬과 자신의 손을 번갈아 보면서 중얼거렸다.

"분명 강하긴 해. 야고가 힘을 쓴 건 맞는 것 같군. 하지만 말이지……."

쉭!

괴인의 신형이 뒤틀리며 바람에 묻혀 사라졌다.

방금 전 공격으로 말미암아 모든 공력을 소모한 비연은 울컥 속에서부터 치밀어 오르는 구역질에 손으로 입을 틀어막았다. 그러나 휘청거린 몸을 가까스로 지탱한 채로 심안으로 괴인의 기척을 쫓는 것을 잊지는 않았다.

그런데,

'없다……?!'

괴인의 기척이 느껴지지 않았다.

마치 세상에서 존재를 지운 것처럼, 증발한 것처럼 사라지고 없었다.

심안으로 찾지 못하는 존재라니. 그런 존재가 진정 있을 수 있는 것인지. 비연의 사부인 대마종조차 심안의 감역(感域) 안에서는 벗어나지 못했다.

그러다 갑자기 뒤쪽에서 무언가가 감지되었다.

'뒤……?'

재빨리 뒤로 돌아 몸을 방어하려는 순간, 무언가가 그의 뒤통수를 강타했다.

"천혼의 이름값으로는 너무 약해."

퍽!

두개골을 따라 흐르는 화끈한 느낌과 함께 의식이 멀어지기 시작했다. 사도수 때의 힘이 남아 있다면 충분히 방어할 수 있었을 것을. 이제는 사라져 버린 힘을 안타까워하며 비연은 정신을 놓았다.

괴인은 철퍼덕 하고 쓰러진 비연의 몸을 손으로 쿡쿡 찌르면서 중얼거렸다.

"낄낄, 그나저나 신기하단 말이지. 분명 마지막에 나를 감지했단 말이야."

괴인은 낄낄 웃으면서 비연의 백회혈에 손을 가져다 대며 기를 불어넣었다.

곧 얼마 지나지 않아 괴인의 얼굴이 와락 일그러졌다.

"뭐야, 이거? 사람 맞아?"

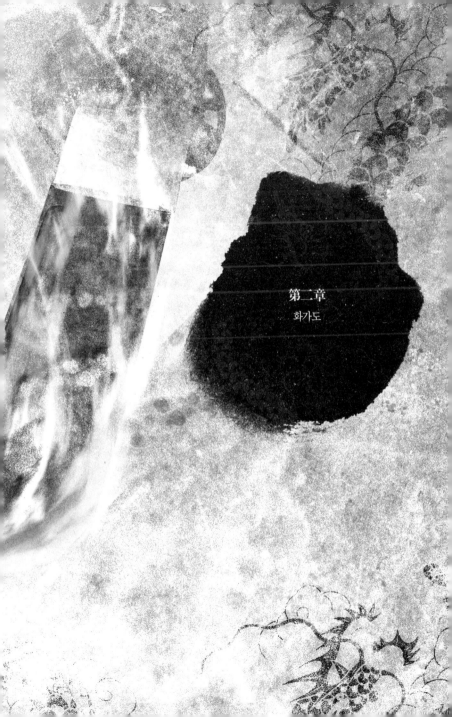

第二章

화가도

神刀無雙
신도무쌍

"으음……."

비연은 가만히 침음성을 흘렸다.

꿈을 꾸었다.

하지만 그 내용이 도무지 떠오르지 않았다.

'중요한 일이었던 것 같은데…….'

전장을 전전할 때는 손가락에 꼽을 정도로 꾸었던 꿈인데, 무간뇌옥에 들어오고 나서는 벌써 두 번이나 꾸게 되었다.

언제 무슨 일이 생길지 모를 위험한 곳이지만, 어느 때부터인가 몸이 이곳에 적응을 한 모양이었다.

'그런데 내가 왜 이런 곳에 있는 거지?'

꿈을 꾸었다는 것은 깊은 잠에 들었다는 뜻. 그런데 왜 잠에 빠져 있었던······.

"괴인!"

왜 쓰러져 있었는지 그제야 기억을 떠올린 비연은 그제야 자리에서 벌떡 일어났다. 아니, 일어나려고 시도했다.

순간 말로 형용할 수 없는 고통이 온몸을 울렸다.

"크윽······!"

어떤 고문이라도 이젠 익숙한 까닭에 웬만한 고통으로는 신음 소리도 흘리지 않는다.

하나, 지금 비연이 겪는 고통은 친구의 계략에 빠져 패륜아로 찍혔을 때에 받았던 고문과는 비교도 할 수 없었다.

비연은 인상을 찌푸리며 자신의 몸 상태를 파악했다.

사지가 묶여 있었다.

그의 몸은 침상 위에서 큰대자로 누워 있었는데, 사지와 몸뚱어리가 이상한 가죽으로 단단히 결박되어 있었다.

목마저 결박되어 있어 얼굴만 겨우 비스듬히 옆으로 움직일 수 있었다.

하지만 심안은 몸이 결박되어도 모든 물체의 판별이 가능하다.

비연은 가만히 천안연결을 읊으며 심안을 열었다.

"이곳이 어디지······?"

그의 몸을 결박한 가죽과 비슷한 것으로 보이는 것들이 땅에 아무렇게나 널브러져 있었고, 이상한 약초 냄새가 풍기는 항아리가 수백 개나 널려 있었다.

불을 땐 지 얼마 되지 않았는지 자그마한 불씨가 살아 있는 장작도 있었다.

그 옆에는 비연이 무기로 사용했던 기다란 쇠사슬이 둥글게 보기 좋은 모양으로 놓여 있었다.

정말이지, 정체를 알 수 없는 방이었다.

이상한 실험실 같기도 하고, 항아리에서 솔솔 나는 향으로 보아서는 약방 같기도 했다.

하지만 정확한 것은 이곳이 무간뇌옥의 바깥이라는 것은 아니었다.

천장과 벽면이 모두 울룩불룩하고 물이 똑똑 떨어지는 것이 동굴이라는 것을 똑똑히 가르쳐 주었다.

'그 괴인과 관련이 있는 건가……?'

유일하게 추정할 수 있는 것은 괴인의 존재뿐이었다.

아무도 살지 않는 곳이 분명한 무간뇌옥 속에 살고 있는 사람이니 이런 괴상한 방을 만들었다고 해도 무리는 아닐 터였다.

'일단 그 사람이 와야 상황 판단이 될 텐데.'

가만히 그가 오기를 기다리고 있을 무렵, 갑자기 쿵쾅거리는 소리가 들렸다.

"켈켈켈, 어디 보자. 아직도 정신을 차리지 않았나? 이제 슬슬 깨어날 때가 됐는데."

괴인은 보기에도 이상한 회색의 액체가 넘실거리는 항아리를 들고 있었다.

범인이라면 단박에 기절할 정도로 심한 악취를 풍겼다.

비연은 코를 찌르는 향에 인상을 찌푸렸다.

심안을 열면서 영감과 더불어 오감도 극도로 발달한 탓에 그의 후각은 보통 무인들과 비교해 크게 뛰어났다. 따라서 악취를 남들보다 더욱 진하게 느낄 수밖에 없었다.

"이곳이 대체 어디요?"

"오오, 일어났구나."

"지금 내가 일어난 것이 중요한 게 아니오. 대체 여긴 어디고 당신은 또 누구란 말이오?"

괴인은 항아리를 비연 근처에 턱하니 놓으며 말했다.

"겔겔, 시간은 많으니 한 가지씩 물어라."

"좋소. 먼저 이곳은 어디요?"

"어디긴 어디야. 내 집이지."

"무간뇌옥이 당신 집이란 말이오?"

"무간뇌옥? 아아, 이 빌어먹을 동굴을 말하는 거구나? 후손들은 이곳을 그렇게 부르고 있나 보군. 낄낄."

'후손'이라는 말이 걸렸지만, 그런 자잘한 의문 따위는 이따가 물으면 되기에 뒤로 넘겼다.

"당신은 누구시오?"

괴인은 웃음을 뚝 그치고서 고개를 갸웃거렸다.

"내가 누구냐니? 내가 누군지 모른단 말이냐?"

"그렇소. 모르오."

괴인은 인상을 찌푸렸다.

"에잉, 야고, 그놈이 또 나를 골탕 먹이려고 너에게 아무런 말도 하지 않았나 보구나. 아무튼 그놈은 도무지 도움이 안 돼요. 엣헴, 귀를 씻고 잘 들어라. 지금부터 이 노부가 누구인지 가르쳐 줄 테니. 너무 놀라 기절하지 말도록. 겔겔겔."

괴인은 다시 괴상한 웃음소리를 내며 말을 이었다.

"노부는 그 이름도 유명한 염도시고(厭覩屍蠱)라 한다. 화가도(火街道)의 시고가 이 몸이란 말이지. 겔겔겔, 어떠냐? 놀랐지? 그 천하의 시고가 이런 곳에 있을 줄은 꿈에도 모르지 않았더냐? 으핫핫핫!"

비연의 아미에 새겨진 골이 더욱 진해졌다.

염도시고? 화가도? 잠깐, 시고라고?

"천중팔좌(天中八座)의 그 시고 말이오?"

괴인은 다시 웃음을 그치고서 버럭 소리를 질렀다.

"그딴 명칭을 대지 마라! 감히 사양(四養) 놈들과 나를 동배로 취급하는 것이냐! 일신(一神)과 비교해도 속에 열불이 일거늘, 감히 그 개잡놈들과 같이 묶어 취급하다니!"

"……!"

일신, 일마, 이괴, 사양. 백 년 전의 여덟 절대고수를 한데 통틀어 천중팔좌라고 부른다.

그러한 천중팔좌의 사양을 우습게본다? 정파인들 앞에서 그런 소리를 했다가는 그날로 목이 달아날 것이다.

그제야 비연은 이 괴인의 정체를 알 수 있을 것 같았다. 하지만 무작정 상대의 정체를 판별 내리기엔 아직 무언가가 많이 부족했다.

그도 그럴 것이, 만약에 비연이 생각하고 있는 괴인의 정체가 '그'가 맞다면 괴인은 일백 년을 훨씬 넘긴 삶을 살아온 셈이다.

"나는 당신이 시고라는 것을 믿지 못하겠소."

괴인은 인상을 찌푸렸다.

"감히 노부를 능멸하는 것이냐?"

"능멸하는 것이 아니라 너무 터무니없기 때문이오."

"으으… 감히……!"

괴인은 몸을 부들부들 떨었다.

자신이 살아온 생애에 비하면 손톱의 때만도 못한 것이 그를 인정하지 않는다고 한다.

그 누구보다 자존심이 드세었고 마인다운 성격을 지녔던 괴인이기에 분노는 더욱 컸다.

하지만 곧 괴인은 속으로 분노를 삭였다.

어차피 꼬마 아이에 지나지 않는다. 자신 또한 나이는 헛먹은 게 아니다. 그리고 어차피 자신의 위명 따위 부질없는 것에 지나지 않는다는 것을 깨달은 지 오래이니 화를 낼 이유도 없었다.

괴인은 그저 그와의 계약을 완료하면 그만일 뿐이었다.

"네놈이 노부를 어떻게 생각하는지, 또 믿지 않을지 몰라도 상관없다. 노부는 그저 네놈 사부와의 계약만 이행하면 되니까 말이다."

괴인은 제 말만 하며 비연에게 다가섰다.

"대체 밖에서 무슨 일을 겪었는지 모르겠다만, 네놈의 몸 뚱어리 상태가 말이 아니더구나."

그는 비연이 묶인 침상 밑에 널브러져 있는 물건들을 바라보았다.

"껠껠, 몸에 이상한 것을 왜 그리도 많이 박아 넣었는지. 백 년에 한 번 볼까 말까 한 교룡의 이피가 하단전에 박혀 있질 않나, 활시위로 사용하면 신궁(神弓)을 만들어내고 채찍 때로 사용하면 마편(魔鞭)을 만들어낸다는 천년독각사의 힘줄이 몸뚱어리에 박혀 있질 않나."

괴인은 자신이 들고 왔던 이상한 회색 액체가 넘실거리는 항아리를 집어 올렸다.

"게다가 눈구녕에는 학정홍을 뿌렸더군. 껠껠, 그렇게 구해달라고 애원해도 찾기 힘들다면서 뿌리쳤던 그 귀한 걸 눈 멀게 하는 데에 사용할 줄이야. 요즘 교에 재물이 넘쳐 나나 보지?"

비연은 고소를 흘렸다.

"내가 조금 비싼 몸이긴 하오."

"그래, 비싼 몸이다마다."

괴인이 눈동자를 반짝였다.

"노부는 실험을 할 수 있어 좋고, 너는 뛰어난 육체를 가질 수 있어 좋고."

"…그게 무슨 말이오?"

알 수 없는 위화감에 비연은 말을 흘렸다.

"두고 보면 알게 될 것이다. 일단 학정홍부터 어떻게 처리하자. 입 벌려라. 조금 아플 테니 참아라."

비연은 일어날 때 겪었던 고통을 떠올리며 몸을 떨었다.

"아니, 조금 아픈 게 아니라 많이 아플 거다. 그래도 죽으면 안 된다. 겔겔."

항아리의 주둥이가 비연의 입 쪽으로 다가오기 시작했다.

"하나만 물어봐도 되겠소?"

회색빛 액체가 비연의 입에 들어오기 직전 비연이 물었다.

"또 무엇이냐? 빨리 일 좀 끝내자. 사내 녀석이 왜 이리 말이 많아?"

괴인은 성을 냈지만 그래도 비연과의 대화를 싫어하는 투는 아니었다.

"나를 묶어놓은 이유가 무엇이오?"

"당연히 치료하기 위해서지. 말했지만 이 약물은 너무나 고통스럽다. 스스로 목숨을 끊고 싶을 정도로 말이다. 그것을 방지하기 위해서 임의로 묶어놓은 것이지."

"그 이상한 물을 마시게 하려는 것도 그렇소?"

"그렇다. 그런데 너도 참으로 이상하구나. 앞이 보이지 않으면서 마치 모든 것을 보고 있는 것처럼 이야기하고 있으니."

"내가 좀 특이하다오."

"뭐, 아무럼 어떨까. 겔겔, 나는 오히려 네가 이렇게 걸레 쪽만도 못한 몸으로 온 것을 환영한다."

"그 물은 무엇이오?"

"학정홍을 비롯해 네 녀석의 몸에 침투한 괴상한 독들을 모두 중화시키거나 밖으로 배출시켜 줄 고마운 물이다. 좋은 약은 입에 써. 그러니까 군말 말고 먹어."

"그런 것이… 가능하오?"

그렇게 건강했던 그가 일반 사람만도 못한 몸이 되어버린 것은 온갖 고문 탓도 있었지만, 몸을 잠식한 독에도 그 이유가 있었다.

교 산하에 있는 만독문의 시독(屍毒), 남만 독왕곡의 천화절명(天華絶命), 사천의 당가가 자랑하는 칠보추혼(七步追魂)까지……. 그밖에도 잡다한 고(蠱)와 온갖 이물들이 들어 있다.

그것들을 중화시킨다는 말은 비연에게 신의 기적과도 같

은 소리였다.

괴인은 성만 낼 뿐이었다.

"일단 닥치고 먹어라! 노부가 누구라고 했더냐? 바로 화도가 염도시고다!"

"알았소……."

이 이상 더 나빠질 게 없기 때문에 거리낄 것이 없었다.

"그럼 주둥아리를 열어라."

비연은 입을 열었다.

항아리에서 물이 떨어지는 소리와 함께 목에 물컹한 무언가가 걸리는 느낌이 감지되었다.

"뱉어내려 하지 마라. 그냥 입만 열고 있어라. 그럼 혈괴장(血塊漿)이 알아서 흡수될 것이다."

비연은 순간 몸이 타들어가는 느낌에 빠졌다.

"으으……."

비연은 몸을 부들부들 떨었다.

단순히 표현하자면 몸을 태우는 느낌이다. 더 강하게 표현하자면 영혼이 갈가리 찢기는 느낌이었다.

다시는 겪고 싶지 않은 고통.

처음 정신을 차렸을 때 겪었던 아픔과는 비교도 안 되었다.

정말이지, 수천 마리의 개미가 몸을 갉아대는 듯한 고통은 차라리 죽는 것이 낫다고 생각 들 정도였다.

괴인이 한 행동이 옳았다.

너무 큰 고통이다. 자살하고 싶은 욕망이 들 정도로 큰 고통이었다. 괴인은 그것을 막기 위해 사지를 결박시켜 놓았다고 했다.

만약 사지가 자유로웠다면 비연은 수십 번이고 자신의 목을 쥐어뜯었을 것이다.

혈괴장이 주는 고통은 진성에 대한 원한과 유수연을 다시 보고 싶다는 마음도 단숨에 허물 정도로 강했던 것이다.

꽤나 많은 시간이 흐르고 나서야 비연은 정신을 차릴 수가 있었다.

몸을 엄습하던 고통이 조금씩 사라졌다. 수천 마리의 개미들이 하나둘씩 자리를 떠나는 기분이었다.

모든 개미가 자리를 떠났을 때에야 비연은 입을 열었다.

"대체……!"

"겔겔, 드디어 다 끝났느냐? 기다리다가 미치는 줄 알았다."

괴인의 목소리가 들렸다.

"얼마나 흐른 것이오?"

"시간 말이냐? 나도 모른다. 이곳 무간뇌옥 속에 흐르는 시간은 바깥과는 현저히 다르니까 말이다. 다만, 노부가 한숨 자고 일어나고도 한참을 기다리니 네 녀석이 정신을 차리더구나."

"몸을 풀어주실 수 있겠소?"

"네가 해라."

"……"

비연은 잠시 당황했다.

"네가 풀어. 네놈의 그 무거운 몸뚱어리를 옮겨다가 침상에 묶는 것도 귀찮아 죽는 줄 알았는데 푸는 것까지 내가 하라는 말이냐?"

"……"

비연은 아무런 말도 하지 못했다.

일어나고 싶은데 일어나지 못하니 그로서는 황당할 따름이었다. 하지만 뒤이어 괴인이 다시 질책했다.

"혈괴장를 마셔서 대부분의 독이 중화되었으니, 결박 정도는 네놈의 힘으로 풀 수 있다는 소리다!"

"아……!"

비연은 그제야 자신의 몸을 확인할 수 있었다.

축 늘어져서 처지고 무겁기만 하던 몸이 이상하게 가벼웠다. 거기에다 아주 드물긴 하지만 진기도 조금씩 돌아다녔다.

비연은 혹시나 하는 마음에 기를 유동시켜 근육에 힘을 주었다.

우지끈.

끈이 끊어지는 소리와 함께 오른팔이 위로 향했다.

"……!"

신기한 느낌이었다.

무공이 전폐되고 난 이후로는 천안연결로 축적해 둔 미량의 진기로만 활동할 수 있었다. 그나마 그것도 근육과 혈맥이 모두 걸레가 되어버린 탓에 제대로 사용하지도 못했다.

아직까지 몸 곳곳에 남아 있는 독의 잔재가 혈 곳곳을 찔렀지만, 대부분의 독이 치유된 듯 저번과는 비교도 할 수 없을 정도로 몸이 가벼웠다.

비연은 몸을 결박하고 있던 끈을 모두 풀어내고 자리에서 일어났다.

침상을 내려와 살짝 뛰어보았다.

아무렇지 않았다. 전에는 걷는 것조차 힘들었건만, 이제는 살짝 뛰는 것도 가능하다.

"음……."

다만 곧이어 찾아오는 현기증이 적응되지 않았다.

비연은 한쪽 벽면을 짚어 균형을 잡았다.

"어지러운 것은 노부도 어쩔 수 없다. 네놈 몸뚱어리 안을 장식하고 있던 독기를 강제로 배출시켰으니 당연한 일이다. 그리고 혈괴장이 약해진 근육이나 끊어진 힘줄까지는 복구시켜 주지 못한다."

"괜찮소."

지금으로도 충분히 만족스럽다.

일단 몸이 가볍다. 미약하게나마 진기도 남아 있다. 하단전은 부서졌으나, 아직 상단전이 남아 있기에 미약하게나마 무공 수련도 가능할 것이다.

끊어진 힘줄과 비혈구로 인해 전날의 무공을 되찾진 못할 것이나, 어느 정도로 운신하는 데 불편함이 없게까지는 할 수 있을 것이다.

'그리고 방법을 찾아 몸을 온전히 낫게 하여 복수한다.'

비연은 괴인을 향해 포권을 취했다.

"이 소 모(蘇某)에게 준 크나큰 은혜, 평생 잊지 않겠소."

"네놈의 성이 소 씨냐?"

비연은 고개를 끄덕였다.

대부분의 마인들은 비연의 성씨가 '비(泌)' 씨인 줄 안다.

하지만 그것은 그들이 비연의 과거를 모르기 때문에 하는 생각이다.

사실 비연은 천산 태생이 아닌 중원 소가장(蘇家莊) 태생. 인연이 마교에 닿아서 그렇지, 그의 뿌리는 중원 절강소가(浙江蘇家)였다.

소비연. 그것이 비연의 정명이었다.

괴인은 이를 대수롭지 않게 여겼다.

"뭐, 이름이 중요한 건 아니니까. 그래, 몸은 어떤 것 같으냐?"

"한결 가볍소."

비연의 말은 틀리지 않았다.

처음 정신을 차리고 나서도 느꼈지만 그의 몸은 마치 자기 것이 아닌 것처럼 너무나 가벼웠다. 새로 태어난 듯한 느낌이 었다.

하지만 괴인은 비연의 그런 기쁜 모습을 같이 기뻐해 줄 정도로 성격이 선하지 못했다.

"설마 그게 끝이라고 생각하는 건 아니겠지?"

"……?"

"아직 모든 독을 중화시킨 것이 아니다. 앞으로 몇 년간은 혈괴장을 계속 마셔야 할 것이다."

"……."

사도연은 저도 모르게 몸을 부르르 떨었다.

혈괴장의 효능이 대단하긴 했지만, 그런 지옥 같은 시간을 몇 번이고 반복해야 한다고 생각하니 저도 모르게 몸이 떨렸다.

"몸이 어느 정도 회복되어졌다 싶으면 무공 수련에 들어갈 것이다. 일단 무공부터 되찾아야 할 것 아니냐. 대체 무슨 수를 써서 하단전이 붕괴되어도 진기가 흐르는지 모르겠으나, 일단 네놈의 단전부터 복구시켜 주겠다."

"단전 복구가… 가능하오?"

비록 상단전이 멀쩡하다고는 하지만, 하단전에 대한 미련을 버린 것은 아니었다.

흔히들 단전을 칭할 때에 가리키는 하단전은 일종의 토양이다.

진기를 가둬두고 몸의 활력을 담아두는 장소.

하단전이 건강치 못하면 몸에 잔병이 많고, 하단전이 건강하면 그 사람은 장수를 누린다.

또한 많은 공력을 보유할 수 있는 곳이기도 하고 삼단전의 가장 근본 바탕이 되기에 무를 논하는 무인으로서 절대 없어서는 안 될 곳이었다.

하지만 한 번 부서진 단전은 다시는 복구시킬 수 없다는 것이 일반 사람들의 뇌리에 박힌 정석이다.

그렇기에 무인들이 제 목숨을 내놓을지라도 단전만큼은 내놓지 않으려는 것이다.

그러한 하단전을 복구시킨다는 말은 비연으로 하여금 두 눈이 번쩍 뜨일 수밖에 없는 사안이었다.

"낄낄, 암, 가능하고말고. 말했지만 나는 시고다. 내게 불가능이란 없어. 뭘 그렇게 놀라, 야고 녀석이 이런 음침한 곳으로 너를 밀어 넣었을 때부터 이미 다 계획된 일인데. 본래 네놈 사부와의 약조는 네 녀석에게 강환대법을 주입시키는 것뿐이었다만, 네놈 몸뚱어리가 그따위니 일단 치료부터 하자."

"한데, 사부와의 약조란 것이……."

"그냥 하라면 해! 무슨 말이 그렇게 많아?"

"……"

아마 괴인은 야고라는 사람과 어떤 약속을 한 듯싶었다. 제자를 몇 배는 강하게 키워주기로 말이다.

무간뇌옥이라는 곳 자체가 일반 마인들은 물론이요, 교주들도 다가오지 않는 곳이니 계약이 빗나갈 일은 없을 것이다.

하지만 야고라는 사람의 제자가 들어오기 전에 비연이 먼저 들어오고 말았다.

괴인은 비연을 그 내자(來者)라고 지레짐작해 버리고 최선을 다해 치료를 해준 것일 거다.

단전을 치료해 준다는 말이 고마웠지만, 거짓을 말하면서까지 무공을 되찾고 싶지는 않았다.

비연은 결국 사실을 말했다.

"저기 말이오……."

"왜?"

"오해가 있었던 것 같소."

"뭐?"

"나는 당신이 생각하는 그 천혼이 아니오."

"……!"

괴인은 입을 떡하니 벌리고 말았다.

괴인의 방 주위에는 없는 것이 없었다.

물이 한 가득 고여 있는 곳과 음식 창고—대부분 정체를 알 수 없는 고기뿐이었지만—심지어 변소까지 따로 지정되어 있었다.

비연은 지금 수련장으로 마련된 공동을 사용하는 중이었다.

촤르르륵.

쇠사슬을 끌어올릴 때마다 손에 이는 묵직한 느낌이 머리를 어지럽게 했다.

사실 암연동을 지나 무간뇌옥 안으로 들어오면서 몸에 감긴 쇠사슬은 그의 근력으로 버틸 수 있을 만한 무게가 아니었다.

그럼에도 그가 아무렇지 않게 들고 올 수 있었던 것은 미량의 진기 덕택도 있었지만, 비연이 가진 남다른 오기도 한몫 단단히 했다.

근력과 힘줄이 많이 상했어도 그런 상태를 마냥 방치해 둘 수만은 없는 노릇이었다.

비연은 결국 뇌옥에 들어오기 전에 가지고 싶은 물건으로 만년한철로 만들어진 쇠사슬을 지목했다.

많은 이들이 쇠사슬의 용도를 궁금히 여겼으나 힘을 잃은 비연이 다른 짓은 저지르지 못할 것이라 여기곤 특별히 쇠사슬 하나만은 소유할 수 있도록 허락해 주었다.

비연은 그런 쇠사슬을 가지고 근력 강화에 힘썼다.

하지만 마음만 횡횡 날리고 있을 뿐, 몸은 그에 반의반도 따라 하지 못했다.

"후욱… 후욱……."

비연은 뜨거운 열기를 토하며 다시 쇠사슬을 움직였다.

철그럭철그럭.

길게 잡아 채찍처럼 휘둘러 보기도 하고, 알고 있는 보법과 연관시켜 무공을 시전해 보기도 했다.

하지만 진기가 따르지 않는 한도 내에서 쇠사슬을 휘두르기란 너무도 힘들었다.

손바닥이 찢어지고 물집이 터지기를 여러 차례.

일반 사람이라면 포기해도 벌써 수십 번은 포기했을 테지만, 비연은 그저 묵묵히 쇠사슬을 휘두를 뿐이었다.

'나에게 남은 방법은 이것밖에는 없으니까. 그래도 다행히 대부분의 독이 씻겨 나간 까닭에 예전보다는 몸을 움직이기가 훨씬 용이하다.'

비연은 괴인에게 감사했다.

비록 오해로 인해 자신을 치료해 주었다고 하지만, 그래도 몸에 중첩되어 있던 독을 씻겨준 것은 그에게 가뭄의 단비와도 같은 기연이기 때문이었다.

'천중팔좌의 제일마 염도시고라…….'

비연은 괴인의 정체를 떠올리면서 혀를 내둘렀다.

백 년 전에 이름을 떨쳤던 절대고수들. 그 여덟 절대인 중에서 일신(一神)과 함께 천하제일인 자리를 다투었던 염도시고의 전설은 아직도 강호에 회자되고 있다.

특히 사문이었던 마교를 상대로 끝없이 투쟁을 벌이다가 무간뇌옥에 갇힌 사건은 백 년이 지난 지금까지 마인들의 마음속에 공포로 자리매김해 있다.

암연동에 갇힌 대마인이란 바로 염도시고를 가리키는 것.

하지만 정작 전설로까지 불린다는 인물은 그 위업에 어울리지 않게 한숨만 푹푹 내쉬고 있을 뿐이었다.

"내 혈괴장… 내 혈괴장……."

무엇이 그리도 아까운 것인지 괴인은 비연을 멍청하게 보며 계속 '혈괴장' 이라는 단어만 반복했다.

"네놈 때문이야. 네놈 때문에……."

비연은 휘두르고 있던 쇠사슬을 늘어뜨리며 괴인을 바라보았다. 자연 입가에 쓴웃음이 걸렸다.

"대체 내가 어떻게 해주길 바라는 것이오?"

"네놈 때문이다, 이놈아! 혈괴장 그것이 얼마나 귀중한 약재로 만들어지는지 아느냐?"

"모르오. 하지만 이미 뱃속에 들어간 것을 게워서 돌려줄 수도 없는 노릇 아니오?"

"그렇다면 혈괴장을 마시기 전에 말을 했어야 하지 않느냐!"

"내가 무슨 말을 하기도 전에 강제로 사지를 묶고 먹인 것은 당신이었소."

"이이……!"

괴인은 분기를 터뜨렸다. 핏발 어린 눈동자에서 일렁이는 살기는 수없이 많은 전장을 건너온 비연마저 바짝 긴장할 정도였다.

하지만 곧 괴인은 언제 그랬냐는 듯이 한숨을 푹 내쉬었다.

"노부가 이 나이에 네놈과 작당을 벌여서 뭐 하겠느냐."

"그렇게 약이 아까우시오?"

"당연하지, 이놈아! 그것을 만들려면 장장 이십 년이라는 세월이 필요하단 말이다!"

"……."

비연은 더 이상 괴인의 속을 긁지 않기로 다짐했다.

철그럭.

쇠사슬만이 요란한 소리를 울려댈 뿐이었다.

               *   *   *

얼마나 많은 시간이 흘렀는지 모른다.

바깥의 상황을 알 수 없으니 어느 때가 낮이고 어느 때가 밤인지도 확인할 길이 없는 것이다.

그렇기에 비연은 그저 열심히 체력 단련을 하고, 더 이상 쇠사슬을 들 수 없겠다 싶으면 명상에 잠겼다. 그렇게 심력이 많이 소모되고 나서야 잠에 들었다.

무간뇌옥에 들어와 잠을 청한 지 거의 쉰 번을 넘겼을 쯤엔 비연의 몸에도 어느 정도 살집과 근육이 잡혀 있었다.

먹을 것을 구하는 것은 어렵지 않았다.

그동안 쭉 홀로 살아 외롭던 찰나에 간만에 찾은 어린 손님이 반가웠던지 시고가 먹을 것을 들고 자주 찾아왔던 것이다.

"네놈이 예뻐서 주는 것이 아니다. 요즘 들어 박쥐 새끼들이 많아져서 나눠 주는 거야."

"여하튼 고맙소."

시고는 비연이 자신이 생각했던 내자가 아니라는 것을 알게 된 이후에도 그에 대한 관심을 끄지 않았다.

하지만 그렇다고 해서 그가 딱히 비연을 도와준다거나 하는 것은 아니었다.

그저 때가 되어 '철그럭' 소리가 들린다 싶으면 공동으로 나와서 비연의 훈련을 지켜볼 뿐이었다.

지금도 여느 때와 마찬가지로 육포를 질겅질겅 씹으며 유랑극단의 놀이패를 보듯이 비연을 구경하고 있었다.

비연의 체력 단련은 꽤나 간단했다.

하지만 간단하기에 그만큼 힘들었다.

먼저 입에서 단내가 나올 정도로 공동 주위를 수십 바퀴 돈다. 그다음에는 잠시의 휴식도 취하지 않고 쇠사슬을 들고서 훈련에 돌입한다.

횡. 횡. 횡.

중간 부분을 손으로 잡고 휘두르면 쇠사슬 끝 부분이 커다란 원을 그리게 되어 있다.

한 발을 내디디며 강하게 손을 휘두르자, 끝 부분이 강하게 공동 벽을 강타했다.

우르르르!

"한 번 더……."

비연은 쇠사슬을 안쪽으로 잡아당겨 회수하고, 다시 한 발을 강하게 내디뎠다. 쇠사슬은 원만한 곡선을 그리다 다시금 벽을 후려쳤다. 방금 전보다 더 위쪽이었다.

비연이 맞추고자 했던 곳은 천장에서부터 자라난, 끝만 간신히 보이는 종유석.

중간 몸뚱어리도 아닌 끝부분이다. 무거운 쇠사슬을 휘둘러 맞추기 위해서는 그만큼의 뛰어난 관찰력과 예리한 직관력이 있어야만 가능할 터였다.

"그래도 거리는 점점 가까워지고 있다."

다행스러운 것은 몸이 점점 쇠사슬을 다루는 데 익숙해져 간다는 것이다.

무지막지한 쇠사슬의 무게를 감당하기 위해 죽었던 잔 근육들이 살아났고, 그에 따라 살집도 어느 정도 부풀었다.

계속된 명상을 통해 쌓은 천안연결의 공력의 수발도 어느 정도 익숙해졌다.

비록 다쳐 버린 기맥과 혈도로 인해 운용할 수 있는 공력의 양은 극소수였지만, 그것만으로도 비연에게는 큰 힘이 되었다.

특히 요즘 들어 익히게 된 무공은 육체 단련에 가장 지대한 영향을 끼쳤다.

'무상대능력(無上大能力)의 도움이 컸지.'

천중팔좌 중 일인인 불양(佛養)의 은거와 함께 사라졌다는 소림의 신공은 그 어느 곳도 아닌 마교에 남아 있었다.

어떤 경유로 넘어온 것인지는 알 수 없으나, 당시 소교주였던 비연은 교주에게만 허락된 비지에서 무상대능력이 기록된 책자를 습득할 수 있었다.

그동안 익힌 무학의 성취로도 바빠서 익힐 엄두를 내지 못했는데, 뇌옥에 들어온 지금에 와서는 천만금을 주어도 바꾸지 못할 보배가 되었다.

무상대능력은 극소량의 공력으로도 최대의 효율을 낳게끔 도와주는 무학이다.

외문기공에 튼실하고 내가기공에 약했던 소림인지라, 심법을 최대한 힘에 치중할 수밖에 없었던 것이다.

비연은 이런 무상대능력의 힘을 빌어 천안연결의 공력을 최대한 효율적으로 사용했다.

소량의 진기를 이용한 효율적인 공력 수발.

그에 따라 무너졌던 기맥에도 조금씩 길이 생겨났다.

그 외에도 강하게 내딛는 일 보엔 천마군림보(天魔君臨步)의 힘이, 쇠사슬에는 추혼공(追魂功)의 패기가 실렸다.

하나의 심법으로 말미암아 다시금 무공을 수련할 수 있게 된 것이다.

좌르르륵!

무상대능력이 실린 힘에 쇠사슬이 요란한 마찰음을 자랑했다.

외공에 가까운 무공인 터라 근력에서도 그만한 패기와 힘이 느껴졌다.

하지만 때로는 그 힘이 독으로 작용하기도 했다.

울컥.

갑자기 입가에서 비릿한 향이 느껴졌다.

"제기랄……."

혈 곳곳에 박혀 있던 비혈구가 천안연결의 공력을 흡수하기 시작한 것이다.

숙주의 몸에 기생해서 살점을 갉아먹는 기생충처럼, 비혈구는 비연의 얼마 있지 않은 공력마저 모두 빨아들일 기세로 야금야금 먹어치웠다.

"한도가 넘은 건가?"

계속된 무상대능력의 사용에 비혈구가 아직 먹어치우지 못한 공력이 몸속에 남아 있음을 깨달은 것이다.

"으으윽."

비연은 몸이 뜯겨가는 고통에 신음을 흘리며 한쪽 무릎을 꿇었다.

두근두근. 두근두근.

심장이 빠르게 맥박질을 했다.

찢겨지고 타들어간다. 지옥의 겁화 속으로 내동댕이쳐진 느낌이었다. 하지만 정신을 잃을 수는 없었다. 이대로 정신을 잃었다가는 그동안 겨우 쌓아놓은 공력이 모두 사라질 터였다.

"후욱! 후욱!"

최대한 숨을 골랐다.

이런 위기쯤은 뇌옥에 들어오고 나서 이미 몇 번이나 넘겼다.

비혈구는 항시 천안연결의 공력을 먹어치우기 위해 호시탐탐 기회를 노리고 있다. 언제라도 틈을 보이면 꼬리를 물고 늘어진다.

'이런 것에 지게 되면 나는 평생 일어날 수 없다.'

십전십승(十戰十勝).

비혈구와의 싸움에서는 항상 그가 이겼다.

그렇기에 이번에도 승리는 자신일 것이라 믿어 의심치 않았다.

비연은 가만히 눈을 감고서 심안을 몸 안으로 돌렸다.

"끌, 신기한 놈이로군."

괴인은 비연을 보며 강한 호기심을 드러냈다.

혈괴장 사건은 그에게 많은 아픔이었다.

장(漿) 하나를 만들기 위해서는 수많은 수고와 시간이 필요하다.

시고가 가지고 있던 혈괴장의 숫자는 총 열 개.

약속된 내자인 천혼에게 주고 나면 하나도 남지 않는다. 그런 귀중한 것을 놈에게 하나 주어버렸으니…….

하지만 이미 입에 들어간 것을 배를 갈라 꺼낼 수도 없는 노릇이기에 괴인은 혈괴장에 대해서 깨끗이 잊어버렸다.

그 뒤로는 그저 할 일도 없고 심심하기에 녀석의 훈련을 지켜본 것뿐이었다.

보아하니 절대위(絶代位)에는 오르지 못했어도 절정(絶頂), 그것도 초절정에는 오른 듯했다.

그런 녀석이 다시 강해지겠다고 설치는 모습은 괴인에게 많은 감흥을 가져다주었다.

하지만 그 감흥이 곧 호기심으로, 호기심이 곧 욕심으로 변하는 것은 오래 지나지 않았다.

끈기와 노력.

비연은 보통 절대위의 고수들도 하기 힘든 노력을 보였다.

근육이 갈라지고 뼈가 탈골되어도, 몇 번이고 죽음의 위기를 넘겨도 악착같이 버텨내는 모습에서 괴인은 어릴 적의 자신을 발견할 수 있었다.

"무엇이 그리도 가슴에 한을 쌓았는지는 모르겠지만……."

괴인은 작게 중얼거렸다.

"어쩌면 그 한이 아직 불완전한 '그것'을 완성시켜 줄지도 모르겠구나. 끌끌."

괴인의 시선이 왼쪽으로 향했다.

절혼령요결(切魂靈要訣).

전설의 대마인도 익히지 못해 결국 불가해로 남은 괴공서
였다.

第三章
수련

神刀無雙
신도무쌍

'**구**궁은 하나로 귀일되고, 그 원점은 수없이 파생하여 삼라만상의 이치를 구현하니……'

  천안연결은 화산에서 나온 무학이다.

  건곤신공을 상단전에 맞게끔 재조정한 이 무학은 하단전을 잃은 비연에게 없어서는 안 될 무공이었다.

  수없이 되뇌고 또 되뇐다.

  심안을 열었다는 것은 뇌문(腦門)이 열려 신령과 의사를 주고받는다는 것을 의미한다.

  백회혈이 확장됨에 따라 오성이 비등하게 높아지고, 그만큼 무학에 대한 깨달음의 깊이도 깊어진다.

하나, 정신만 절대위다. 몸은 하품. 어긋나 버린 균형 관계는 언제 무너질지 모르는 탑이다. 뼈대와 밑단이 튼튼하지 않기 때문에 생긴 결과다.

비혈구가 비연에게 큰 위험이 되는 것도 그와 같은 맥락이었다.

하지만 다행히 비연에게는 심안과 뛰어난 오성이 있었다.

관조(觀照)를 통해 수없이 자신을 돌이켜 보면서 익혔던 무공을 가다듬고, 천안연결과 무상대능력을 하나로 엮었다.

다행히 이번에도 비혈구의 진동은 잠잠해졌다.

기맥을 따라 흐르던 기운을 조금씩 흩어버리자 비혈구가 더 이상 활동을 하지 않았다.

'후우…… 한시름 놓았군.'

하지만 그렇다고 해서 바로 마음을 놓을 수는 없다.

잠시 다른 곳으로 한눈을 판 사이에 비혈구가 언제 깨어날지 모르기 때문이다.

'사천당가… 골치 아픈 것을 만들었어.'

당가에 대한 원한이 깊어지는 때에 귓속으로 발걸음 소리가 들렸다.

"낄낄, 미친 듯이 운기를 하고 있구나."

'시고? 그가 어째서 관심을?'

다름 아닌 화가도 염도시고였다.

그동안 비혈구와 사투를 벌여도 관심 한 번 가지지 않던 사람이 무슨 일로 말을 거는 것인지. 하지만 곧 이은 시고의 행동은 비연으로 하여금 충격에 잠기게 했다.

"자고로 고장 난 것은 두들기면 낫는다고 했다."

무슨 뜻인지 알 수 없다. 하지만 불현듯 좋지 않은 예감이 느껴졌다.

그리고 심안이 열린 비연의 육감은 거의 예지에 가까울 정도로 예리했다.

"내가 낫게 해주마."

퍽!

복부에서 화끈한 느낌이 일었다.

그에 따라 잠잠해졌던 비혈구가 다시 깨어나 흩어진 공력을 흡수하기 시작했다.

우우우웅!

'이런……!'

겨우 진정시킨 것을 다시 일깨울 줄이야. 비연이 화들짝 놀라 다시 비혈구를 진정시키려는 순간, 다시 시고의 매가 떨어졌다.

퍽!

이번엔 뒤통수 쪽에서 화끈한 열기가 일었다.

비혈구도 활짝 깼는지 여느 때보다 더 활발하게 움직이기 시작했다.

'안 돼……!'

무간뇌옥에 들어와 겨우겨우 쌓아두었던 공력이 모두 사라지는 것은 순식간이었다.

　그 뒤에 이어진 타작은 구타에 가까웠다.
　잘못한 것도 없는데 비연은 시고에게 엄청 두들겨 맞았다.
　더군다나 손과 발이 스치는 자리도 주요 혈 자리, 비혈구가 박힌 곳이었던 까닭에 비혈구는 처음 비연의 몸에 박혔을 때처럼 왕성한 움직임을 보였다.
　결국 비혈구는 비연이 언제 쌓아두었는지도 알 수 없는 세맥 속의 기운마저 몽땅 빨아들이고서야 잠잠해졌다.
　비혈구가 공력을 흡입하는 과정은 큰 고통을 낳았다.
　"우웨에에엑! 우웨에에엑!"
　비연은 벽을 짚고서 연신 헛구역질을 해댔다.
　수련을 하기 전에 간단하게 먹었던 음식은 물론, 검은 피와 살덩이까지 나올 정도였다.
　피눈물 나는 노력으로 말미암아 얻은 근육과 살집도 그사이에 반으로 줄어든 느낌이었다.
　"어째서요!"
　"……."
　"어째서!!"
　비연은 노기를 드러냈다.
　공력이 사라졌다. 비혈구가 깨어났다. 심안은 사라지지 않았지만, 더 이상 운기할 기가 남아 있지 않다.

모든 것이 사라졌으니 그나마 남아 있던 희망마저 모두 사라져 버렸다.

하지만 이 일의 원흉인 시고는 여전히 무덤덤한 모습일 뿐이었다.

"그렇게는 천년만년 수련을 쌓아도 강해지지 못한다."

"뭐… 라고 하셨소?"

"그런 식으로는 강해지지 못한다고 하였다."

"무엇을 안다고 그런 망발을……!"

"무상대능력? 천안연결? 하! 그래. 익히고 있는 지금은 조금씩 강해질 수 있으니 희망은 보이겠지. 하지만 그뿐이다. 희망은 희망일 뿐, 현실이 될 수 없다. 심력을 따라가지 못하는 몸뚱어리는 시체일 뿐이야."

"……."

비연은 아랫입술을 깨물었다.

입가에서 비릿한 맛이 느껴졌다. 피였다. 비혈구는 공력만을 끌어당기지 않는다. 그 과정에서 내상까지 도지게 만든다.

무상대능력으로 겨우 닦아놓은 기맥의 길이 모두 무너졌다. 이제 다시는 공력을 쌓을 수 없게 되었다.

"그래서 어쩌란 말이오?"

"뭐?"

"이딴 몸뚱어리로 강해질 수 있는 데에 한계가 있다는 것쯤은 나도 잘 아오! 하지만 어쩌란 것이오? 복수를 할 수 없으니 포기하란 것이오? 그럴 순 없소! 방법이 있다면 악마에게 영혼을 팔아서라도 얻어내야 한단 말이오!"

시고의 입이 비틀어졌다. 그동안 보여주었던 가벼운 모습과는 상반된 것이었다.

지옥의 악귀를 닮은 미소. 겹화에서 야차가 튀어나와 송곳니를 드러낼 듯하다. 보는 것만으로도 몸에 오한이 들었다.

"악마에게 영혼을 팔아서라도?"

"그렇소!"

"으하하하하!"

시고는 웃었다. 유쾌하게 웃었다. 악마에게 영혼을 판다? 이런 말을 원했다. 그가 원했던 것이 바로 이런 마음가짐이다.

천금을 주고도 바꾸지 못할 성정, 강해지고 싶다는 다짐, 군림하고자 하는 의지. 그런 마인의 꿈을 원했다.

시고는 날카로운 송곳니를 드러냈다.

"네놈, 나와 계약하지 않겠나?"

백 년간 뇌옥 속에 갇혀 있던 지옥의 마귀, 악마가 이곳에 다시 모습을 드러냈다.

"우선 네놈의 과거사나 한번 들어보자."

*　　　*　　　*

비연은 사부인 마교주 대마종을 시해하려 했다는 모함을 받고 무간뇌옥에 갇히게 되었다.

그날, 다른 일이 있었던 것은 아니다.

그저 여느 때와 마찬가지로 모든 것을 주어도 아깝지 않다고 생각한 벗의 부름을 받고 찾아간 것밖에는 없었다.

비연을 나락으로 빠뜨린 진성은 미소를 짓고 있었다.

평소 주위 사람들의 마음을 따뜻하게 만들어주던 미소였다. 하지만 그날 진성의 미소는 오싹했다.

"이게… 무슨 일이지……?"

비연의 눈앞에는 대마종이 쓰러져 있었다, 왼쪽 가슴에 단검이 찔린 채로.

바닥을 적실 정도로 흥건하게 흘러내린 붉은 피는 비연의 숨을 턱 막히게 했다.

"비연, 너는 너무 오랫동안 위에 있었다."

"뭐?"

"때로는 아래로 내려갈 필요도 있는 법이다."

"그게 무슨 뜻이야!"

단검에 찔린 사부. 미소를 짓는 진성. 갑작스레 닥친 상황에 비연의 머리는 공허하기만 했다.

"추락해라, 비연."

진성은 그 말과 함께 검을 뽑아 들며 소리쳤다.

"감히 교주님을 시해하다니! 비연! 너는 소교주의 자리로도 모자란 것이었더냐!"

"……!"

비연이 상황을 정리하기 위해 진성에게 말을 걸려 하였지만,

"진정해라! 이 일이 어떻게 된 일인지 먼저 파악부터……."

"닥쳐라! 이 정파 놈들의 간적!"

횡!

다짜고짜 달려드는 일격에 비연은 퇴보를 밟으며 피했다. 하지만 진성의 검은 날카로우면서도 끈질겨 적의 목숨을 앗아가기 전까지는 전진을 멈추지 않는다.

결국 비연은 자신을 방어하기 위해 애도를 뽑아 진성의 검을 튕겨냈다.

"이제는 살인멸구까지 하려 드는구나!"

"그게 무슨……!"

비연이 무엇이라 말을 이으려는 찰나, 천원당의 문이 벌컥 열리며 안쪽으로 세 명의 무인이 들이닥쳤다.

마교를 이루는 다섯 기둥, 오대마맥의 주인 중 세 명이었다.

"비연! 너를 하극상 및 교주님을 시해하려는 죄목으로 처단하겠다!"

오대마맥의 맥주들은 비연과 비교해 약간 처질 뿐, 결코 약하지 않다.

결국 비연은 네 명의 고수에게 둘러싸이고 말았다.

사건의 전말을 깨달은 것은 바로 그때였다.

"진… 성……! 네가 어째서……!"

비연의 눈동자가 쉴 새 없이 흔들렸다. 목숨을 내어주어도 아깝지 않을 벗이라고 생각했건만. 하지만 벗은 그런 그를 버리고 말았다.

진성은 비연에게 소리없이 입만 벙긋거렸다.

'위에서 기다리겠다, 비연.'

진성은 미소를 지으며 그렇게 말했다.

*   *   *

"네놈도 참 기구한 운명이로구나."

"……"

다시는 떠올리고 싶지 않은 일이었지만, 비연은 성심성의껏 모두 이야기해 주었다.

어쩌면 시고의 눈빛 안쪽에 자리 잡은 슬픔을 심안으로 읽어냈기 때문인지도 몰랐다.

"강해지고 싶으냐?"

"당연하오. 방법이 있소?"

"있지. 하지만 죽을지도 몰라."

"이미 비연이라는 자는 죽은 지 오래요. 기회를 노리다 죽는다고 해서 알아줄 사람이 있는 것도 아니니 상관없소."

시고는 비연을 보았다. 비록 눈을 감고 있지만, 금방이라도 눈빛이 폭사되어 그를 집어삼킬 것만 같았다.

"좋아. 강해질 수 있는, 몸이 회복될 수 있는 방법을 알려주지."

"정녕 그것이… 가능하오……?"

시고와 처음 만났을 때, 그는 말했다. 비연의 몸을 치료해주겠노라고. 그것은 절대 거짓이 아니었다. 시고에게는 그만한 능력이 있었다.

"회복뿐만 아니라 힘까지 되찾게 해주지. 하지만 몸이 많이 망가져서 정상적인 방법으로는 안 되고… 위험하지만 한 가지 방법은 있지."

"……."

비연은 아무런 말도 없이 있다가 한 가지 질문을 던졌다.

"그렇게 해서 당신이 얻는 이익은 무엇이오?"

"뭐?"

"마인은 절대 동정심으로 움직이지 않소. 정파인들이 명분을 위해 움직인다면, 마인은 이익을 위해 움직이지. 나를 도와줌으로써 당신이 얻는 이익은 무엇이오? 더군다나 이것은 '계약'이지 않소?"

잠시 잊고 있었지만, 그들의 거래는 '계약'이었다.

"즐거움."

"……?"

"네놈을 실험체로 써서 완성시키게 되었을 때에 얻는 짜릿함 정도?"

"……!"

"물론 다른 부탁도 있지만… 그것은 나중에 이야기하도록 하지. 우선 네놈을 치유할 방법부터 말해주지."

"무엇이오?"

"절혼령(切魂靈)."

비연은 저도 모르게 웃음을 터뜨리고 말았다.

"정말 죽을지도 모르겠구려. 아니, 미친 짓이구려."

"당연하지. 그래서 말했잖아. 이건 악마와의 계약이라고. 낄낄."

절혼령이라는 것은 일종의 전설이다.

혼령을 베어버릴 정도로 뛰어나다 알려진 이것은, 고금제일인 천마(天魔)만이 이뤄냈다는 신체(神體)다.

도검불침, 금강불괴. 약점인 조문이란 게 존재하지 않기에 모든 공격을 막아낸다. 천 년 공력, 등봉조극. 무한한 바다를 품고 있어서 절대 지치지도 않는다.

오로지 승리만을 알 뿐이고, 앞으로 나아가 군림할 뿐이다.

천마가 쌓은 전설과 업적은 천 년이 지난 오늘까지 강호인들의 입에 오르내린다.

정(正)의 천(天)과 사(邪)의 마(魔)를 통달한 사람은 과거에도 미래에도 전후무후하게 딱 한 사람이기에.

그 누가 되었든 자신이 있는 자는 이곳으로 올라오라.

천마는 절혼령의 요결을 만천하에 퍼뜨렸다.

수많은 사람들이 천마의 전설에 도전했다.

하지만 절혼령은 그 자체만으로도 독이다.

요결을 잘못 익혔을 경우엔 주화입마뿐만 아니라 미쳐 날뛰는 광인이 되기도 하기 때문이었다.

그래서 수많은 도전이 있었지만 정작 이룬 사람은 아무도 없었다. 천 년이 지난 지금은 요결만이 남아 전설이 되었을 뿐이다.

그러한 절혼령의 요결을 익힌다? 아예 혀를 빼어 물고 죽는 것이 나을지도 모른다. 최소한 자결은 깨끗하게 죽을 수 있으니까 말이다.

하지만 시고는 절대 허언을 할 사람이 아니다.

"방법이 있기에 그런 말을 하는 것일 게 아니오?"

"그래, 방법은 있다. 하지만 나도 이루지 못했기에 정말 죽을지도 모르는 고약한 방법이야. 낄낄."

비연은 시고의 웃음이 너무나 사악해 보인다고 생각했다.

"후우, 결국 방도는 그것 하나밖에는 없다는 것이구려."

"당연하지. 하지만 걱정 마. 나는 절대 승산없는 도박은 하지 않으니까."

'도박이라······.'

비연은 '도박'이라는 말을 작게 읊조렸다. 그래, 이건 도박이다. 이미 악마와 계약을 하기로 마음먹었을 때부터 그는 모든 것을 한곳에 몰아넣었다.

모 아니면 도.

그는 모를 위해 달려가야 할 뿐이었다.

"그런데 한 가지 궁금한 것이 있소."

"뭐냐?"

"만약에 내가 당신의 도움을 거부했다면 어떻게 하실 요량이셨소?"

"어떻게 하긴, 당연히 그냥 내버려 두었지."

"······."

"그리고 기운을 다 없앴는데 네게 무슨 방법이 있어? 낄낄, 강해지려면 당연히 내 말을 따라야지."

"······."

비연은 저도 모르게 쓴웃음을 지었다.

절혼령은 일종의 이능(異能)의 무학이다.

일반적으로 단전에 기반을 두는 무공과는 달리 절혼령은 영(靈), 즉 뇌문(腦門)에 중점을 둔다.

영혼의 그릇을 극대화시켜 육체를 영체로 만든다.

그것은 곧 의지가 현실로 실현되는 심검의 이치를 말하는 것이기도 하다.

하지만 뇌문은 알려진 곳보다 알려지지 않은 곳이 몇천 배는 더 많다.

실수라도 잘못 건드리는 날에는 최소 식물인간이 되거나 나쁘게는 광인이 되어 미쳐 날뛸지도 모르는 일이다.

비록 비연이 심안을 얻었다고는 하지만, 천안연결은 그저 뇌력에 무리가 가지 않을 정도로만 발달한 일종의 건강도인의 무공이다.

절혼령은 천안연결과는 절대 비교도 할 수 없다.

그나마 비연이 절혼령을 익힐 때 남보다 유리한 이점은 심안을 얻어 뇌문이 열렸다는 점이다.

하지만 그마저도 몸이 정상이라 할 수 없기에 이점이 오히려 해악으로 작용할 수도 있었다.

"내가 네놈의 공력을 모두 없앤 것은 절혼령을 완벽하게 자리 잡게 하기 위해서다."

"그게 무슨 뜻이오?"

"그동안 절혼령을 익힌 무인 대다수가 실패한 이유는 몸에 공력이 남아 있었기 때문이지. 절혼령을 완성하고 나서 기운을 쌓으면 모르되, 무공을 익힌 상태에서 요결을 읊게 되면 반발 작용으로 인해 영혼에 금이 가게 된다."

"……."

"왜? 내 이야기가 너무 황당해?"

"영혼이라는 말이 너무 터무니없이 느껴져서 그러오."

"그래도 믿어. 이래 봬도 천마 대조사께서 완성시키신 절학이니까. 낄낄."

비연은 고개를 끄덕였다.

이미 모든 것을 시고에게 맡기기로 결심한 상태다.

"일단 바른 육체에 바른 정신이 깃든다고, 절혼령을 익히기 전에 몸부터 회복시켜야 할 것 같다."

강신도결(殭身到訣).

툭.

시고는 책 하나를 던졌다.

"이것은······?"

"낄낄, 노부가 긴 생을 살아오면서 만들어낸 무공 중 하나다. 심법이 아닌 기본공이지만 무당의 태극면장, 소림의 소림오권과 비교해도 부족하지 않아."

시고가 이어 말했다.

"일단 너의 미진한 근육을 키우고 뒤틀린 골격, 끊어진 힘줄을 다시 연결시켜 주는 데에 큰 도움이 될 것이다. 또한 소림오권과 같이 수련하면 몸이 부드럽게 되고 아직 몸속에 남은 독기 제거에도 탁월하지."

시고는 다른 질문을 던졌다.

"네놈이 이전에 익혔던 심법 중에서 주(主)로 익혔던 것이 무엇이냐?"

"천마호심공이오만……."

시고는 인상을 찌푸렸다.

"몸은 걸레쪽으로 들어온 것이 이상한 무학은 잘도 아는구나. 여하튼 잘됐군. 절혼령을 심은 뒤엔 그걸 익히면 되겠다. 여하튼 이제부터 나는 너를 혹독하게 굴릴 것이다. 모든 것이 끝났을 때에는 전과는 비교도 할 수 없을 정도로 강해져 있을 것이니 기대해도 좋아."

"……!"

비연은 저도 모르게 주먹을 불끈 쥐었다.

다시 떠오를 수 있다. 이곳을 나갈 수 있다.

희망이 보인다는 사실이 그의 심장을 뛰게 만들었다.

또 한편으로는 위험할지 모른다는 적신호가 그의 가슴을 떨리게 만들기도 했다.

하지만 위험이 없다면 위로 오를 수도 없는 법이다. 이미 나락까지 떨어진 그에게 다른 방도는 존재하지 않았다.

*　　　*　　　*

촤르르륵.

쇠사슬이 움직인다. 제법 묵직한 무게가 나갈 듯한 굵직한 크기의 쇠사슬이었다. 길이도 최소 몇 장은 되어 보였다.

하지만 쇠사슬을 다루는 사내의 손에서는 일말의 주저감도 느낄 수 없었다.

마치 태어났을 때부터 다루었던 무기처럼, 사내의 손 위를 노니는 쇠사슬은 마치 살아 있는 생물처럼 자유자재로 움직였다.

때로는 뱀처럼 빠르게, 또 때로는 용처럼 매섭게.

휭. 휭. 휭.

굵직한 쇠사슬이 공중을 가로지를 때마다 공기가 깨지는 소리가 들렸다.

마치 금방이라도 튀어나가 동굴 천장을 장식하고 있는 종유석을 으깰 것만 같았다.

사내는 벽과 천장을 건드리지 않도록 쇠사슬이 움직이는 범위를 공동 안쪽으로 지정해 두었다.

"후욱! 후욱!"

사내는 비연이었다. 믿었던 벗에게 배신당해 무간뇌옥에 갇혀 버린 비운의 전(前) 소교주. 처음 그는 천안연결을 제외한 모든 무공을 잃었다고 생각했다.

하지만 결코 하늘은 그를 버리지 않았다.

그로 하여금 재기의 발판을 마련할 수 있도록 밑판을 닦아 주었다.

그렇다고 해서 그 재기의 발판이 편한 것은 아니었다.

오히려 처음 무공을 익힐 때보다 더 힘들었다.

모든 무공이 폐해지고 몸도 정상이 아닌 상태에서 수련을 쌓는 것은 보통 정신력으로는 가능한 것이 아니다.

악바리와 같은 근성으로만 가능하다.

무공을 되찾기 위해서, 단전을 회복하기 위해서, 전날의 사도수를 뛰어넘기 위해서 쌓는 수련.

그에게 무공을 가르쳐 주는 시고는 절대 말로써 무공을 설명하지 않았다.

그저 수련, 또 수련만을 시킬 뿐이었다.

"낄낄, 자고로 입만 산 놈치고 실속 차리는 놈 없다고 했다. 백날 천지 떠들어대서 알아듣지 못할 말을 귓구녕에 처박아놓는 것보다는 수십 번이고 수백 번이고 휘둘러서 몸뚱어리에다가 새기는 것이 최고다. 머리는 기억하지 못해도 몸은 늘 기억하거든."

우선 가장 시급한 것은 몸의 회복이었다.

아직까지 몸 곳곳에 산재해 있는 독기와 이물들을 제거해야만 했다.

강신도결은 그래서 사용되었다.

서역의 밀교에서 따왔다고 하더니, 강신도결을 익힐 때면 그네들이 사용하는 유가(瑜伽:요가)처럼 몸이 부드럽게 이완되곤 했다.

또한 끊어진 힘줄로 말미암아 줄어든 힘과 완력을 보강하는 데 큰 도움이 되었다.

시고는 강신도결과 함께 기단세(氣單勢)를 펼치라고 조언하였다.

"기단세를 펼칠 때 강신을 같이 사용한다면 강신은 네 몸에 맞게 재배열되어 너만의 신법이 될 것이다. 그때가 바로 몸이 모두 나았을 때다."

기단세는 보통 수련자가 처음 무공에 입문할 때 익히는 기본 무공이다.

체력을 길러주고 자세를 교정시켜 주어 본격적으로 무공을 익힐 때 정도를 지켜주도록 하는 정화의 성질도 가지고 있다.

비연은 기단세로 소림의 소림오권을 택했다.

전설의 화타가 다섯 동물에게서 따낸 동작을 달마 대사가 정리했다고 전해지는 소림오권.

무공의 가장 밑바탕이 되는 정(精), 역(力), 기(氣), 골(骨), 신(神)을 단련해 주기에 수많은 문파들이 갓 무공에 입문한 이들에게 권장하기도 했다.

비연은 수많은 오권 중에서도 소림이 비밀리에 보유한 정통오권을 익혔다.

용(龍), 호(虎), 표(豹), 사(蛇), 학(鶴). 다섯 동물이 비연의 손 아래 재탄생된다.

신기한 것은 공력 상실과 함께 잊은 줄로만 알았던 무상대능력이 소림오권에 드문드문 실린다는 점이었다.

외공에서 출발했기에 내공이 없어도 익힐 수가 있는 것이다.

무상대능력은 강신도결과도 잘 맞아떨어져서 비연의 몸은 날이 갈수록 몰라보게 달라졌다.

앙상한 가지 같던 비연의 몸에도 근육이 생기고, 딱딱하게 굳어 있던 기맥과 힘줄이 조금씩 부드러워졌다.

무간뇌옥 안의 식량이라고 해봐야 박쥐와 벌레 따위의 고기밖에 없기에 살도 금방 불어났다.

어느 정도의 옛 모습을 갖춘 비연은 처음 무간뇌옥에 들어왔을 때와는 전혀 다른 사람이 되어 있었다.

내공은 되찾지 못했지만 한때나마 절대자의 길을 걸었던 몸에서는 패기가 절로 흘러나왔다.

"끌끌, 이제야 조금 사람다워졌군."

'그럼 전에는 사람 같지 않게 생겼었단 말이오?'

비연은 밖으로 꺼냈다가는 비참해질 것 같은 기분에 언급하지는 못했다.

"흠, 계속 이대로 강신도결을 익힌다면 몸은 정상으로 돌아올 수 있을 게야."

시고는 비연에게 불쑥 무언가를 내밀었다.

그릇 안에서 검은 액체가 출렁였다. 코를 찌르는 악취가 인상을 찌푸리게 만들었다.

"또 약이오?"

"이제 겨우 세 개 먹었다. 열 개를 다 먹기 전까지 몸이 낫는다는 생각일랑은 추호도 하지 마."

"후우……."

계약을 하기로 한 후, 시고는 일정한 주기로 반복해서 혈괴장을 비연에게 주었다.

본래 천혼이라는 이름의 내자에게 주기로 되어 있었지만,

"언제 올지도 모르는 놈에게 그런 걸 줘? 내버려 둬. 이십 년 축내고 또 만들면 돼. 네 몸이나 걱정해."

라고 짧게 일축하며 비연에게 혈괴장을 먹였다.

몸의 노폐물과 독기, 탁기를 몰아주는 데 탁월하다는 혈괴장은 마실 때마다 새로운 고통을 선사해 주었다.

세 번이나 마셨지만 폐부를 쥐어짜고 몸을 갈가리 찢는 듯한 고통은 좀처럼 나아지거나 익숙해지지 않았다.

만약에 전날의 힘을 되찾고 밖으로 나가겠다는 다짐이 없었더라면, 복수를 하겠다는 일념이 없었더라면 비연은 이미 정신부터 붕괴되었을 터였다.

"마셔."

"알겠소."

비연은 혈괴장을 단숨에 들이켰다.

목이 타들어가는 고통과 미끈한 무언가가 식도를 타고 내

려가는 느낌은 과히 좋지만은 않았다.

그렇게 시간이 흐르고…….

어느덧 천안연결의 미진한 공력으로 쇠사슬을 휘두를 때처럼 쇠사슬을 휘두를 수 있는 날이 찾아왔다.

전과 많이 달라진 것이 있다면 공력 하나 없이 정통오권과 강신도결로 단련된 근육의 힘만으로 쇠사슬을 들었다는 정도였다.

하지만 쇠사슬을 휘두르는 지금의 모습이 오히려 더 부드럽고 자연스러워 보였다.

만약에 다른 사람이 보았다면 몸 안에 공력이 있는 것으로 착각을 불러일으킬 정도였다.

쿵!

쇠사슬이 종유석 끝을 스치고 지나갔다.

"됐다……."

직관력과 집중력이 훨씬 상향되었다는 뜻이다.

이때가 바로 비연이 무간뇌옥에 들어온 지 딱 일 년이 된 날이었다.

*   *   *

"후우, 정말이지, 인간이 할 짓이 되지 못하오."

비연은 사발을 내려놓으며 길게 한숨을 내쉬었다.

아직까지 속이 느글거리고 폐부가 찢어지는 듯한 느낌이었다.

거기다 한 번 토하고 난 자리에는 검은 피와 살덩이가 한 사발이나 되었다.

"이 지독한 것을 벌써 아홉 차례나 마셨는데도 몸 안에는 아직도 뱉어낼 독기가 많은가 보오."

비연이 마신 것은 다름 아닌 혈괴장. 시간이 흐르고 흘러서 앞으로 마셔야 할 혈괴장의 숫자도 이제 하나만이 남아 있었다.

영원히 익숙해지지 않을 것 같던 고통도 어느 정도 익숙해져서 예전처럼 정신을 잃는다거나 하진 않았다.

하지만 약에 익숙해지는 몸과 달리 몸 안에는 아직 노폐물이 많은가 보다.

이번에 쏟은 울혈(鬱血:죽은 피)은 전보다 더 양도 많고 색도 탁했다.

"네놈의 몸이 점차 정상인의 몸에 가까워진다는 신호다. 낄낄, 강신도결이 잘 자리 잡았나 보구나."

비연은 고개를 끄덕였다.

시고의 말대로 요즘 들어 몸이 예전과는 비교도 할 수 없을 정도로 나아졌다는 것을 느꼈기 때문이다.

날이 갈수록 울혈의 양이 많다는 것은 강신이 그만큼 제대로 활동하여 근골을 바로 잡고 있다는 뜻이었다.

"기단세로 소림오권을 익혔지? 한번 펼쳐 봐."

시고는 양반다리를 하고서 턱을 움직였다.

비연은 자리에서 일어나 자세를 잡고서 천천히 보보를 옮기기 시작했다.

용권연신(龍拳練神).

수심(手心)과 각심(脚心), 그리고 중심(中心)을 바로잡아 오심상인(五心相印)을 갖추고,

호권연골(虎拳練骨).

인체의 기본이 되는 뼈를 단단하게 잡아 범의 기상을 드러내고,

표권연력(豹拳練力).

자세에서 우러나오는 전신의 힘을 증진시켜 보다 빠르고 날카롭게 상대를 누르며,

사권연기(蛇拳練氣).

팔과 다리, 몸뚱어리를 유연하게 만들어 기가 인체에 미치지 않는 곳을 없게 하고,

학권연정(鶴拳練精).

정을 축적시켜 신, 력, 기를 하나로 규합한다.

때로는 날카롭고, 때로는 부드럽다. 때로는 강맹하며, 때로

는 사납다.

소림정통오권이지만 비연의 재해석에 본래의 모습은 거의 찾아볼 수가 없었다.

"좋군."

비연은 총 서른 개의 초식을 모두 펼치고 난 뒤 조용히 숨을 골랐다.

"어떤 것 같소?"

"많이 나아진 것 같다. 공력이 하나도 없음에도 불구하고 초식 하나하나가 부드럽게 이완되는 것도 그렇고. 흠, 혹여 초식을 연계하지 않고 따로 이어서 펼칠 수도 있느냐?"

비연은 고개를 끄덕였다.

"가능하오."

"그럼 금룡헌조(金龍獻爪)에서 웅학쇄령(雄鶴刷翎)을 연결해서 펼쳐 보아라."

금룡헌조는 발을 나란히 하고 손가락을 구부려 아래쪽으로 긋는 초식이다.

허리가 단단하게 받쳐 준다면 유려하게 곡선을 그려 변초를 펼칠 수도 있지만, 빠른 속도로 인해 팔을 위로 올리진 못한다.

웅학쇄령은 이와는 반대로 학이 날개를 펼치듯이 좌우로 젖히며 위로 뻗은 초식이다. 절대 금룡헌조에서 이어질 수 없는 것이다.

만약 중간에 다른 초식 없이 두 초식을 강제로 연결하려 든다면 발이 엉키는 것은 물론, 자칫 잘못하면 허리까지 돌아갈 수 있다.

하지만 모든 무학의 기본기가 담긴 소림오권이다.

그것을 어떻게 해석하느냐에 따라서 모양새는 천차만별로 달라진다.

비연은 그것을,

휘리리릭!

운룡번신(雲龍翻身)의 수를 넣는 것으로 초식을 연계시켰다.

몸을 수없이 돌리며 높이 뛰어오르는 운룡번신은 허리에 힘을 주어 손에 쥔 검에 속력을 넣는다.

비연은 이 방법으로 금룡헌조에서 아래로 내려오는 손을 곡선에 따라 위로 튕기며 웅학쇄령을 펼쳤다.

소림오권의 서른 개 초식 모두를 완벽하게 꿰뚫어 볼 수 없으면 절대 불가능한 동작이었다.

"낄낄, 몸이 한결 부드럽군. 벌써 이만큼이나 발전했어. 조금만 더 갈고닦는다면 절혼령 요결을 익히는 것도 무리는 아니겠군."

"시고가 아니었다면 불가능했을 것이오."

"당연하지. 노부는 위대하니까 말이다. 낄낄."

"……."

비연은 쓴웃음을 지었다.

시고는 다른 건 다 좋은데 자기 잘난 척이 심해서 이럴 때면 난감하기가 그지없었다.

"그나저나 네놈 말이다."

"왜 그러시오?"

"꽤 오래전부터 느끼던 것이지만 그 끝에 '～시오', '～겠소' 같은 말을 붙이지 않으면 안 되는 것이냐?"

"버릇이오."

"어른이 말하는데 단답으로 답하는 것도 옳지 않다!"

"…내가 어떻게 해야 하오?"

"어리면 어린놈다운 말투를 쓰란 말이다."

"나도 나이를 먹을 만큼 먹었소."

"몇 살인데?"

"스물넷이오. 여기에 들어온 지 꽤 시간이 흘렀으니 이제 스물다섯쯤 되었을 것이오."

"이런 미친! 애늙은이 같은 말투를 쓰기에 마흔은 된 줄 알았더니만! 뭐? 스물다섯? 지금 그걸 나이라고 이야기하는 거냐? 아직 이립(서른)도 되지 못한 것이 말대답까지 하는구나!"

"……."

시고의 세수는 이미 백을 훌쩍 넘겼다.

천중팔좌가 한창 활동하고 있을 때가 백 년 전, 즉 연왕이 조카인 혜제(惠帝)를 폐위하고 성조(成祖:영락제)에 즉위했을 때니까 말이다.

비연은 자신보다 족히 다섯 배는 더 살았을 것이니 달리 할

대꾸가 없었다.

"앞으로 나와 이야기하는데 그딴 말투 쓰면 죽는다? 마인이면 마인답게 굴어! 무슨 마인이라는 놈이 저 정파의 위선자들처럼 구역질나는 어투를 써?"

"…알겠소."

"말 바꾸라고!"

"알겠… 습니다."

"알겠어요!"

"알겠… 어요……."

"그래, 이제야 조금 마음에 드는군."

"……."

비연은 진땀을 흘렸다.

어느 정도 익숙해졌다고 생각했지만 역시나 시고의 괴팍한 성미는 감당하기가 어려웠다.

"다른 묻고 싶은 건 없고?"

"없… 어요."

"껠껠, 이제야 마음에 드는군."

비연은 고개를 끄덕였다.

시고는 자리에서 벌떡 일어났다.

"여하튼 이제 네놈의 몸도 거의 치료가 된 듯하니 좀 더 힘내어라. 낄낄, 나는 준비할 것이 있어 먼저 자리에서 일어나마."

시고는 바람에 묻혀 사라졌다. 그의 몸에 새겨진 능력이 얼마나 대단한가 보여주는 대목이었다.

비연은 시고가 사라진 자리를 보며 쓴웃음을 흘렸다.

" '해요' 라……. 어린 시절로 돌아간 기분이로군."

애늙은이에 가까운 비연이기에 재미도는 더 컸다.

하지만 한편으로는 앞으로 절혼령을 익히게 되면 시고와 더 많이 부딪쳐서 쓴웃음을 많이 지을 것 같다는 느낌에 고소는 더욱 짙어졌다.

'또 고소(苦笑)를 짓고 있군.'

입안이 조금 썼다.

*   *   *

시간은 흐른다.

어느덧 소림오권과 강신도결이 하나가 되어 몸에 자리 잡았다.

이제는 의식을 하지 않아도 동작 하나하나에 두 무공의 요체가 실릴 정도였다.

마지막 남은 혈괴장을 모두 마신 날, 시고는 비연을 앉혀놓고 물었다.

"준비가 되었느냐?"

시고의 물음은 짧았다.

비연은 고개를 끄덕였다.

"몸은 이 정도면 거의 다 나았다고 생각하오."

"좋다. 이제 대법을 시전하겠……. 잠깐, 내가 그 정파 놈들 냄새가 나는 말투 쓰지 말라고 몇 번을 말하지 않았더냐! 그런데 어찌 아직까지 써?"

"이십오 년 동안 배인 버릇이라 바꾸기가 매우 힘드오."

"쳇, 못난 놈. 여하튼 좋다. 이제부터 절혼령 요결의 대법을 시전하마. 먼저 눈을 감아라."

비연은 시고의 말대로 가만히 눈을 감았다.

"아프더라도 조금 참아라."

"……?"

뜻을 알 수 없는 말에 비연이 머리 위로 물음을 띄울 무렵,

획!

퍽!

백회혈에서 화끈한 느낌이 일며 정신이 희미해지기 시작했다.

'어째서 또 때리는 것이오?'

비연의 절실한 물음만이 머릿속에 남아 맴돌다가 이내 사라졌다.

그리고 동시에 정신이 확 깰 만큼의 후끈한 열기가 전신을 엄습했다.

第四章

화륜심결

神刀無雙
신도무쌍

몸이 찌르르 하고 울린다.

정수리부터 발끝까지. 마치 벼락이 내리꽂힌 듯, 전신을 관통하는 고통은 이루 말로 표현할 수 없었다.

혈괴장이 독기를 몰아낼 때에도 말 못할 고통을 낳았지만, 그것과는 비교도 할 수 없을 만큼 아팠다.

몸을 갈기갈기 찢는 듯한 느낌이었다.

비연은 소리를 지르고 싶었다.

아픔만큼 비명을 지르면 덜 아프게 느껴지기도 한다.

하지만 지금 느끼는 아픔은 육신의 고통이 아닌 영혼의 고통이었다. 이미 의식을 잃은 지금, 그가 할 수 있는 거라곤 영혼의 절규밖에는 없다.

절혼령.

육신을 지배하는 혼과 정신을 구사하는 영을 끊어버린다[切]
는 무공.

천마가 천하를 독패하며 군림하던 시절, 그는 이렇게 말했
다.

―절혼령은 인세의 무학이 아니다.

그도 어디서 절혼령을 익혀왔는지는 절대 밝히지 않았다.
다만, 상고시대에 있었던 상승 공부가 아닌가 하고 추측할 뿐
이었다.

그 정체가 어찌 되었든 간에 천마의 말대로 절혼령은 인세
의 무학이 아니다.

이능(異能)이다.

인간이 배울 수 없고 배운다고 하더라도 감당해 낼 수 없으
면 미쳐 버리고 마는 그런 이능이다.

[아프더라도 참아라. 정신을 놓지 마. 정신을 놓는 순간, 너
는 더 이상 네 눈으로 세상을 볼 수 없다.]

마치 속삭이듯이 조용하게 시고의 말이 들려왔다.

육합전성. 의지로 상대에게 자신의 의사를 전하는 전음의
상승 묘리였다. 비연은 그 말을 흘려듣지 않았다.

'나는 참아낸다. 참아낸다……!'

어떻게 걸어왔던 길인가. 절대 여기서 무너질 수는 없었다. 아직 걸어갈 길이 더 많이 남아 있다. 이제 첫 걸음마를 옮겼는데, 벌써 져버리면 사도수라는 별호가 아깝다.

비연은 흔들리는 정신을 단단히 붙잡았다.

[그래, 이제 조금 나아진 듯하구나.]

시고의 육합전성이 계속 머릿속을 파고들었다.

[절혼령 요결을 네 의사로 배우려 들면 더 힘들다. 그래서 노부는 네게 강제로 절혼령을 덧씌우기로 결정했다. 다행히 네가 심안을 통해 뇌문을 열었기에 절혼령을 밀어 넣는 것은 크게 힘들지 않겠더구나. 이제부터 대법(大法)을 시행할 것이다.]

우— 우— 우— 우—

몸이 길게 떨린다, 공명하듯이.

비연은 흐트러지려는 정신을 부여잡았다.

[지금보다 더 고통스러울지 모른다. 그래도 참아야 하느니라. 낄낄.]

'어째 시고는 내가 아파하는 것을 즐기는 것 같소?'

비연은 보이지 않는 시고를 원망하며 정신에 힘을 주었다.

그리고,

우— 우— 우— 우—

몸이 다시 떨리기 시작했다. 기맥이 떨리고, 혈관이 울리며, 내장과 주요 기관이 활발하게 움직이기 시작했다.

더욱 신기한 것은 백팔십 개의 비혈구로 말미암아 거의 기능이 정지되었던 요혈들이 활짝 열렸다는 점이다.

우― 우― 우― 우―

요혈이 길게 공명을 하자 도합 백팔십 개의 비혈구도 같이 몸을 떨었다.

공력을 상실하면서 그 이후로 단 한 번도 깨어나지 않았던 비혈구다. 하지만 지금은 달랐다. 전보다 활발하게 움직였다.

'크으으윽!'

비혈구는 기를 빨아들이는 이물. 하지만 정작 먹이가 없자 선천지기마저 흩어놓았다.

기가 흡입당하는 것도 말 못할 고통이지만, 인간의 가장 근본이 되는 선천지기의 흐트러짐은 이루 말로 표현할 수 없었다.

그러다가,

[이제부터가 본격적이니 이 악물어라. 낄낄.]

펑!

처음과 똑같이 백회혈에서부터 용천혈까지 벼락이 내리꽂히는 듯한 착각에 빠졌다.

몸을 쭈뼛 서게 만드는 단 한 번의 떨림.

전신을 관통한 그 떨림은 상, 중, 하, 삼단전을 단숨에 통과했다.

동시에 백팔십 개 비혈구가 그동안 암암리에 흡수해 두었던 막대한 양의 공력이 갑자기 밖으로 발출되었다.

쿠우우웅!

'이건⋯⋯!'

사도수 시절에 쌓았던 공력이 다시 돌아와 기맥 사이를 누비기 시작했다.

"후우, 그럭저럭 잘되고 있군."

시고는 내심 뿌듯했다.

사실 절혼령은 사람이 익힐 수 있는 무학이 아니다.

요결을 외우다가 뇌문이 그에 따라가지 못해 미치기 일쑤며, 어찌 익혀낸다고 하더라도 절혼령이 가져다주는 고통을 이겨내는 것도 거의 무리에 가까웠다.

하지만 비연은 여타 다른 사람들과 달랐다.

먼저 심안을 통해 뇌문을 열었고, 혈괴장을 마시면서 웬만한 고통에는 익숙해졌다.

거기다가 비연이 가지고 있는 특유의 오기와 악바리 정신은 시고도 혀를 내두를 정도였다.

특히 비연이 다른 사람들과 다른 이유.

바로 깊은 깨달음으로 절혼령을 재해석하여 대법의 방식으로 강제로 익히게 할 수 있단 점이다.

시고는 절혼령을 익히도록 지도한 것이 아니라, 강제로 비연의 몸 위에 씌워 버렸다.

비록 절혼령의 입문 정도밖에는 끌어주지 못하겠지만, 그것만으로도 큰 효과를 볼 터이다.

실패할 확률도 그만큼 크지만.

"이거면 내 일은 끝났고… 이제부터가 가장 중요한데 말이지."

시고는 눈을 감고 있는 비연을 보며 가만히 중얼거렸다.

우— 우— 우— 우—

사도수 시절에 가졌던 공력은 절대 적은 양이 아니었다.

차기 교주로 지목된 소교주에게 마교는 수많은 투자를 한다. 무공이면 무공, 영약이면 영약. 천마호심공을 익히고 만년화리의 내단을 먹었기에 그가 가졌던 내공은 구파일방의 장문인들과 비교해도 절대 지지 않았다.

하지만 그런 많은 양의 공력을 가지고 있었다 하더라도, 일년 넘게 없이 지내다가 갑자기 되찾게 되면 몸이 놀라는 법이다.

'제어할 수가 없다.'

천안연결로 쌓았던 공력도 이곳저곳을 누빈다.

그동안 닫혀 있었던 기맥과 세맥, 심지어 무인이라면 누구나 꿈꾸는 임독양맥까지 자유자재로 누빈다.

옛날에는 꿈에서도 그리던 기의 운행이었지만, 정신이 조절할 수 없는 기운은 오히려 해악에 가까웠다.

'크으으윽……!'

이대로 가다간 진기가 위로 올라가 뇌문을 침범할 것만 같았다.

'막아야 한다!'

이를 악물고 진기를 조절하려는 바로 그때,

쏴아아아!

갑자기 승륜심결이 활발하게 움직이기 시작했다.

본디 비연이 태어났던 절강 소가장을 대표하던 심법이다.

지금은 대를 내려오면서 가장 중요한 뒷부분이 유실되어 단순한 건강도인에 지나지 않게 되었다지만, 전해 내려오는 말로는 한때 강호에서도 손에 꼽을 정도로 뛰어난 절기였다고 한다.

평상시에는 다른 심법들을 더욱 부드럽게, 더욱 몸에 잘 맞게끔 조절해 주는 윤활제 역할을 했다.

하나, 지금은 달랐다. 신공(神功)이었다.

쑤우우우!

맹렬하게 회전하는 승륜심결과 함께 아무렇게나 돌아다니던 기운들이 일정한 경로를 따라 흐르기 시작했다.

부르르르.

거기다 비혈구까지 공명을 토하니.

몸에 찾아온 알 수 없는 현상은 비단 이것뿐만이 아니었다.

북해에 빠진 것처럼 몸이 급속도로 차가워졌다 싶더니, 또

어떨 때는 남만의 대지에 던져진 것처럼 화끈해지기도 했다.

무언가가 어긋나는 것 같기도 하고, 비틀리는 것 같다.

'이건……'

쿠우우우—

막대한 양의 공력. 하지만 진결을 따라 차례대로 몸을 누빈다.

우두두둑. 두두두둑.

골격이 재배열되며 내는 소리는 절대 잘못 들은 게 아니었다.

'대체 어떻게 되는 거지?'

정신을 엄습하는 고통 또한 상당한 것이어서, 잠시라도 놓게 되면 영영 깨어날 수 없을 것 같은 생각이 들기도 했다.

우— 우— 우— 우—

승룡심결의 움직임은 륜(輪), 회전이다.

몸 곳곳을 누비고 다니던 공력들이 원을 그리며 척추 쪽으로 모여들기 시작했다.

그리고,

콰콰콰콰!

기운들이 사방으로 발출되었다.

쿵! 쿵! 쿵! 쿵!

'설마……?'

비연은 혹여나 하는 생각에 잠겼다. 그는 아직까지 자신의 육감이 거의 예지에 가까울 정도로 무섭다는 것을 깨닫지 못했다.

쿠우우웅!

커다란 폭발 소리와 함께 비연의 몸이 크게 들썩였다.

"쿨럭!"

비연은 자리에서 벌떡 일어나 땅을 잡고 속에서 치밀어 오르는 무언가를 토해내기 시작했다.

"우웨에엑! 우웨에에엑!"

엄청난 양의 핏덩이였다. 족히 몇 사발은 될 양이었다.

인체 장기의 어느 한 부분이 뜯겨 나가지 않으면 절대 뱉어낼 수 없는 양. 하지만 비연의 토악질은 거기서 그치지 않았다.

"우웨에에엑!"

식도를 따라 계속해서 무언가가 올라왔다.

비연은 그저 얼굴을 아래로 향하고서 그것을 뱉어내기만 할 뿐이었다.

검은 피. 울혈이다. 혈괴장으로도 떼어내지 못했던 탁기와 독기가 모두 나오는 순간이었다.

"허억! 허억!"

비연은 숨을 거칠게 몰아쉬었다. 절혼령을 익히면서 겪은 고통은 두 번 다시는 느끼고 싶지 않았다.

"낄낄, 그새 반쪽이 되었구나. 일단 몸부터 확인해 봐."

비연은 가만히 고개를 끄덕이고서 가부좌를 틀었다.

관조를 통해 몸을 확인한 뒤 비연은 가만히 침음성을 흘렸다.

"……."

"왜 그러느냐? 낄낄, 전과는 몸이 많이 달라져 있어서 놀랐느냐?"

비연은 고개를 끄덕였다.

분명 몸이 많이 달라져 있었다. 그동안 뒤틀리거나 막혀 있던 기맥과 혈맥이 활짝 열려 있으며, 암암리에 몸을 쇠약하게 만들었던 독기도 모두 사라졌다.

특히나 가장 흡족한 것은 임독양맥이 타통되었다는 점이다.

인체 각 기관의 활동을 연락, 조절, 통제하는 경락(經絡)을 일컬어 기경팔맥이라 한다.

임맥과 독맥은 기경팔맥 중 가장 중추를 이루는 것으로, 무인이면 누구나 이 경락들을 열고 싶어한다.

양맥의 타통은 절대위로 오를 수 있는 필수불가결의 요소 중 하나인 까닭이었다.

"임독양맥이 타통되었구려."

비연의 입가에 미소가 퍼졌다.

비록 인세에 더없을 고통을 느꼈다지만, 고생 뒤에 찾아온 열매는 달았다[苦盡甘來].

"낄낄. 그렇게 좋으냐? 하지만 좋아하기엔 아직 이를 텐데?"

"……?"

뜻을 알 수 없는 말이었다. 비연은 고개를 갸웃거리며 가만히 천마호심공을 읊기 시작했다.

몸 안에 공력이 쌓이기 시작했다. 자연의 기운을 빨아들여 사지백해에 퍼뜨렸다.

힘이 불끈 솟았다. 사도수 시절의 힘을 되찾은 것은 아니지만, 그래도 밖에 나간다면 최소 일류쯤은 될 듯싶었다.

비연은 기력을 손바닥으로 끌어모았다.

'열양장을 시험해 보자.'

양기를 한가득 모아 장풍을 발출하려는 순간,

푸스스스.

장심에 모여들었던 기운이 산산이 흩어졌다. 언제 모여들었냐는 듯이.

"……!"

그뿐만이 아니었다. 천마호심공으로 모았던 공력들도 기맥과 세맥 사이로 흩어졌다. 그 끝에는 비혈구가 있었다.

"이럴 수가……!"

"아직 비혈구가 작동하고 있지?"

"이게 어떻게 된 일……?"

"놀라지 말고 가만히 몸을 잘 관조해 봐."

화륜심결 113

비연은 다시 눈을 감고 관조에 들었다. 곧 그는 커다란 충격에 빠질 수밖에 없었다.

"없… 다…….."

"공력이 하나도 남아 있지 않지?"

"이, 이게 어떻게 된 일이오?"

비연은 평상시의 그답지 않게 많이 당황했다.

절혼령을 익힐 땐 분명 그동안 비혈구가 흡수했던 공력이 모두 흘러나와 기경팔맥을 활짝 열어주었다.

이제 공력을 되찾았다는 생각과 비혈구가 작동하지 않을 거라는 기대감에 젖어 있었는데, 관조로 본 그의 몸 안에는 아무것도 없었다.

텅 비었다, 마치 갓 태어난 아기의 몸처럼.

몸 곳곳에 퍼져 있던 공력이 깨끗하게 증발한 것이다. 아니, 비혈구 안에 있다고 하는 것이 옳았다.

"절혼령 때문이야."

"그게 무슨 소리요?"

시고의 설명이 이어졌다.

"낄낄, 절혼령은 상단전의 무학이다. 알려진 것보다 알려지지 않은 게 더 많은 뇌문의 무공이니 나도 잘 설명하기는 힘들다만, 분명한 것은 네가 공력을 쌓는 것을 절혼령이 허락하지 않는다는 것이지. 비혈구가 없었어도 내공 축적은 실패했을 거다."

"그런……!"

말이 안 될 소리다. 몸이 완치되어서 기쁘다고 하지만 공력 하나 남지 않는다면 범인과 다를 바가 없다.

복수는커녕 무공 하나 익히지 못하는 것이다.

비연은 땅을 짚고 말았다. 종점이라고 생각하고 달려왔는 데 그게 아니다. 모든 것이 끝났다는 생각이 머릿속을 맴돌았 다.

"그렇다고 방법이 없는 것은 아니지."

"방도가 있소?"

시고는 검지로 자신의 머리를 톡톡 쳤다.

"상단전을 써."

상단전을 쓰라는 시고의 말은 어려운 게 아니었다.

절혼령으로 말미암아 상단전이 활짝 열렸으니, 뇌문을 통해 자연의 기운을 빨아들여서 쓰라는 의미였다.

"상단전을 통해 대자연의 기운을 끌어들여서 쓴다는 발상은 어제오늘 있었던 게 아니다. 만약에 그렇게만 할 수 있다면 그 사람은 무한에 가까운 내공을 얻게 되는 거니까 말이다. 하지만 그 시도가 모두 실패한 것은 뇌문에 대한 지식이 짧은 이유도 있지만, 감히 인간의 그릇으로 삼라만상의 이치를 노렸다는 거야. 그저 욕심을 부리지 않고 자신의 그릇에 맞게 바닷물을 퍼 담으면 되는데 말이지. 절혼령은 너의 그릇을 만들어준다. 그것의 크기는 네 노력 여하에 따라 다르며, 그 그릇에 담을 수 있는 바닷물의 질도 네 노력 여하에 따라 다르다. 단, 하나만은 주의해야 한다. 욕심은 부리지 마라."

감히 자연의 이치를 사람의 잣대로 판단하고 이용하려는 것부터가 어불성설이다.

"아직까지 무슨 소린지 모르겠소. 자연지기를 쓰라니? 그리고 자연지기를 쓸 수 있다고 하더라도 비혈구가 그 기운을 잡아먹지 않소?"

천안연결을 통해 상단전을 일부 열어 써보긴 했지만, 뇌문은 비연에게 아직까지 커다란 숙제였다.

어떻게 자연지기를 끌어들여야 하고 또한 써야 할지 도저히 감이 잡히질 않았다.

"그럼 한 가지 조언을 해주지."

시고는 검지로 비연의 명치를 쿡 찔렀다.

"비혈구를 네 것으로 만들어라. 마음껏 사용해."

"무슨 뜻이요? 비혈구를 사용하라니?"

"백팔십 개의 비혈구에는 네 몸이 망가지기 전에 사용했던 공력이 고스란히 담겨 있다. 그것을 잘 이용한다면 절혼령을 다스리는 데 큰 도움이 될 게야. 더 깊게 말해주자면, 흠… 혹여 영물의 내단에 대해서 아느냐?"

시고는 설명을 계속 이었다.

"인간들이 인위로 자연지기를 흡수하고 가공하여 단전에

축적해 두는 것과 달리 영물은 수백 년의 세월 동안 자연스레 기운을 모아 한곳에 압축시키지. 그것이 내단이다."

혼히들 영물의 내단은 수백 년의 공력을 지니고 있다 한다.

그래서 만약에 어디에 몇백 년 이상 먹은 영물이 나타났다는 소리가 들리면 수많은 무인들이 몰린다.

하지만 일세를 떨쳤던 고수가 죽고 난 이후에 그의 내단을 얻기 위해 무인들이 모인다는 소문은 없다. 그 고수가 수백 년을 산 영물보다 강했던 것이 분명한데도 말이다.

시고는 그것을 간단하게 설명했다.

"인간은 멍청해. 왜 그러는 줄 아느냐? 낄낄, 감히 백 년도 제대로 살지 못하는 것들이 자연의 기운을 함부로 날조해서 사용하거든. 공력? 갑자? 그런 거 다 헛방이야. 모든 것은 가장 순수한 것이 좋다. 선술을 닦는 도사가 왜 우화등선할 수 있는 줄 아느냐? 순수한 기운을 얻었기 때문이야."

시고는 말을 끝마쳤다.

"내가 해줄 말은 여기까지다. 하지만 한 가지 분명한 것은 비혈구가 너의 공력을 순수 자연지기에 가깝게 돌려놨다는 것만은 알아둬라. 낄낄."

무슨 뜻인지 알 수 없었다. 하지만 시고는 더 이상 비연에게 아무런 조언도 해주지 않았다.

시고와의 '계약'은 몸을 회복시켜 주는 것까지였다.

이 이상의 일은 비연이 알아서 해야 할 터였다.

"비혈구를 이용한다?"

새로운 수수께끼가 던져졌다. 비혈구와 내단, 그리고 자연
지기.

비연은 가만히 중얼거리며 고민에 **빠졌다.**

그 뒤로 비연은 수많은 계속되는 고민에 잠겼다.

백회혈과 뇌문을 통해 자연지기를 끌어들이고 사용하는
방법. 그 와중에 비혈구를 사용하는 방도까지.

하지만 아무리 생각해 보아도 결론은 나지 않았다.

일단 자연지기를 끌어들이는 것은 얼마든지 가능했다.

천마호심공을 통해 기를 축적하는 경우, 전신 모공을 활짝
열어 흡기를 행하기 때문이었다.

다만, 여기서 문제가 되는 것이 천마호심공은 좌공(坐功),
즉 가부좌를 틀어야만 운기행공이 가능하다는 점이었다.

결국 시고의 충고대로 자연지기를 끌어들여 사용하려면
천마호심공을 동공(動功)으로 바꾸어야 한다는 의미인데, 문
제는 누천년 이어져 온 무공을 함부로 바꾼다는 것은 불가능
에 가깝다는 점이었다.

좌공으로 자연지기를 모은다 하더라도 축적시킬 곳이 없
고, 그렇다고 해서 천마호심공을 동공으로 사용했다가는 자
칫 주화입마의 위험에 빠질 수 있으니…….

'다른 무공을 익혀볼까?'

본래 비연은 걸어다니는 무공서고라 할 정도로 수많은 무공을 암기하고 있었다.

마교의 대표 무공뿐만 아니라, 정마대전을 통해 빼앗아온 정파의 무공까지 다양했다.

'화산의 자하강기(紫霞罡氣)는 어떨까? 동공으로도 운행이 가능하고 천안연결과도 잘 맞는다.'

절혼령이 덧씌워짐에 따라 천안연결도 나날이 발전해 나갔다.

같은 사문에서 나온 자하강기라면 여러모로 잘 맞을지도 몰랐다.

무엇보다 화산파의 무공은 불도를 숭상하는 구대문파 중에서도 가장 마인의 것을 닮았기 때문이다.

하지만 비연은 곧 자하강기에 대한 생각을 버려야 했다.

자하강기는 화산파를 대표하는 무공이다. 특히나 익혔을 경우에 눈에 맺히는 자줏빛은 결코 숨길 수 없다. 더군다나 비연이 익힌 구류화마도와는 상극이었다.

'소림의 반야신공(般若神功)이나 팽가의 혼원벽력신공(混元霹靂神功)도 동공이다. 하지만 반야신공은 무상대능력과 다르게 파마의 권능을 가지고 있고, 팽가의 무공은 너무나 패도적이기에 속도에 치중하는 나와는 맞지 않다. 그럼 다른 동공은 또 뭐가 있을까?'

하지만 이렇다 할 마땅한 동공은 찾기가 힘들었다.

본래 정종 무공은 무를 통해 도를 구하기 때문에 참선을 목적으로 만들어진 것이 대부분이다.

가만히 명상에 잠겨 자연과의 교류를 추구하기에 좌공이 많다. 그나마 있는 동공 중에서도 비연의 안목에 맞는 신공은 찾기가 힘들었다.

마교 쪽으로 시선을 돌려도 마찬가지였다.

수라음양공(修羅陰陽功)이나 마신공(魔神功)도 동공이었지만, 이러한 것들은 너무 마성에 치우친 까닭에 자칫 뇌문에 근거를 두고 있는 절혼령에 좋지 않은 영향을 끼칠 수도 있었다.

'이렇게나 무공이 없었던가?'

비연은 고민을 하던 도중 한 가지를 떠올릴 수 있었다.

'그래, 꼭 멀리 돌아갈 필요는 없다. 내가 익힌 무공 중에도 동공은… 아! 승륜심결!'

비연은 승륜심결을 떠올렸다.

뒤의 구결이 빠져 그저 그런 심법으로 전락하고 말았지만, 비연이 어릴 때부터 익혀온 심법이다.

비록 그동안 절세절학이었던 천마호심공에 묻혀 있었지만, 이상하게 절혼령과는 잘 맞는 듯했다.

대법으로 인해 비혈구에서 흘러나온 내공을 감당할 수 없을 때에도 그를 구해준 것은 다름 아닌 승륜심결.

생각을 정리한 비연은 당장 자리에서 일어나 심결을 외우기 시작했다.

우우우우—

단순한 토납법이기에 좌공으로도, 동공으로도 사용이 가능했다.

모공을 통해 흘러들어 온 기운이 기맥을 따라 도도하게 흐른다.

비연은 일 보를 내디디며 강하게 일권을 내질렀다.

파앙!

공기가 요란하게 터졌다.

일권과 함께 발경의 묘리가 터졌다. 암경, 혹은 촌경이라고도 불리는 수였다.

무간뇌옥에 처음 들어와 진정으로 깨끗하게 터진 일권이었다. 하지만 비연은 만족할 수 없었다.

"이걸로는 약해⋯⋯."

승륜심결을 통해 기운을 끌어들여 발경을 구사할 수 있었지만 너무도 약했다. 뒤의 구결이 빠진 승륜심결로는 끌어모을 수 있는 기의 양이 한정되어 있는 까닭이었다.

게다가 끝마무리도 좋지 않았다. 기운 일부를 비혈구가 집어삼킨 까닭에 자칫 흐름에 방해를 낳을 수도 있었다.

"이 양으로는 적을 해하지도 못한다. 더군다나 자연지기를 모으는 시간이 너무 길어. 비혈구도 문제고."

방법을 찾았다고 생각했는데 아니다. 이 방법으로는 절대 싸움을 할 수가 없다.

"빠르게 기운을 뽑아낼 수 있다면… 잠깐. 기운을 뽑아내?
그렇다면 공력이 저장될 저장고만 있으면……."

비연의 생각은 다시 비혈구에게로 미쳤다.

시고는 말했다.

뇌문이 열렸으니 자연지기를 끌어오는 것은 쉬울 거라고.
하지만 또한 자연지기를 멀리서 찾을 필요가 없다고 했다.

"비혈구가 너의 공력을 순수 자연지기에 가깝게 돌려놨다는 것
만은 알아둬라. 낄낄."

비혈구는 기를 빨아들이는 이물이다. 이때에 탁기를 몰아
내고 순수 결정체만을 보유하기 때문에 그 속에 담긴 기운은
자연지기에 가깝다.

몸에 비혈구가 박힌 사람들이 다시는 내공을 발출하지 못
하는 이유도 여기에 있다.

사람은 심법으로 가공된 진기를 사용하지 자연지기를 사
용하지는 못하기 때문이다.

'하지만 나는 절혼령으로 인해 자연지기를 사용할 수 있
다. 그렇다면?'

비연은 먼저 견정혈에 박힌 비혈구를 중심으로 승룡심결
을 돌렸다.

견정혈에 박힌 비혈구에서는 아무런 반응도 없었다.

'더 세게 돌려보자.'

속도를 더했다. 맹렬하게 회전하는 륜을 따라 잠잠하던 비혈구가 조금씩 몸을 꿈틀대기 시작했다.

'조금 더… 조금 더…….'

승륜심결을 아주 작게, 견정혈을 중심으로만 돌리기를 수차례. 드디어 반응이 보이기 시작했다.

쏴아아아—

그동안 공력을 흡수하기만 하던 비혈구가 밖으로 기운을 뱉어냈다. 자연지기에 가까운 순수지기가 원을 따라 기맥 사이를 헤엄쳤다.

"됐다!"

비연은 크게 소리쳤다.

주먹을 말아 쥐었다. 일 보를 강하게 내디디며 허리를 세차게 돌렸다.

소림정통오권 맹호신요(猛虎伸腰)라는 초식이었다.

펑!

이번의 발경은 저번보다 소리도 크고 범위도 컸다. 비록 팔뚝 부근의 비혈구가 기운의 꼬리를 끌어당겼지만, 마무리도 이 정도면 처음보다 훨씬 깨끗하다 할 수 있었다.

"내단의 의미는 이런 것이었구나!"

순수 자연지기를 모아 압축해 둔 내단. 그것은 비연의 비혈구를 의미했다.

그 누가 알았을까. 죄인의 몸에서 무공을 폐하기 위해 만들어진 비혈구가 사실 영물의 내단과 동일하게 변할 줄 말이다.

'내 몸에 있는 비혈구의 숫자는 총 백팔십 개. 이것을 모두 승륜심결의 산하에 둘 수 있다면?'

비혈구에 숨겨진 사도수의 내공을 되찾는 것도 무리는 아닐 터였다.

"좋아, 길은 보였다."

비연은 주먹을 불끈 쥐었다. 드디어 앞으로 나아갈 수 있는 방도를 찾아낸 것이다.

비혈구에서 기운을 뽑아낼 수 있는 방법을 알아낸 이상, 그 이후로는 일사천리였다. 아니, 그렇게 생각했다.

그러나 또 다른 난관이 비연을 기다리고 있었다.

승륜심결을 절혼령의 특색에 맞게 새롭게 고치는 것.

말이 쉬워 고치는 것이지, 뒤쪽 구결이 부족한 승륜심결을 절혼령이라는 천마의 절기에 맞추는 작업은 새로운 무공을 만들어내는 것과 동일했다.

저잣거리에 아무렇게나 돌아다니는 삼재검법을 만드는 것도 어려운 일인데 하물며 신공이라면?

승륜심결의 부족한 구결을 채우는 데는 많은 힘이 들었다.

비연은 꼬박 며칠을 심법 제작에 몰입해야 했다.

알고 있는 정파의 무공은 물론, 마교의 마공과 새외의 것까지 모두 되짚고 낱낱이 파헤쳤다.

개중 건질 것이 있었다면 수라음양공의 음양지기와 반야신공의 입문 구결, 남궁가 제왕심법의 패기와 남만 독왕곡의 심혈기 등이었다.

천마호심공은 천마가 만들어낸 무학으로, 절혼령과 맞는 구결이 많아서 유용하게 이용할 수 있었다.

비연은 머릿속에 남은 승륜심결 서른두 자의 구결을 늘여놓고서 새로이 조립했다.

'현재의 승륜심결로는 비혈구 하나밖에 이용할 수 없다. 륜의 개수를 더 늘리고 한 번에 뽑아낼 수 있는 기의 양도 늘려야 한다.'

비혈구가 요혈에 박혀 있는 까닭에 비연이 창안하려는 심법은 삼단전이 아닌 백팔십 개의 요혈에 중점이 맞춰질 수밖에 없었다.

전혀 새로운 무공을 만든다는 것.

그것이 대종사(大宗師)로 가는 방향임을 과연 비연은 알까.

새로운 승륜심결의 방향이 정해졌다.

백팔십 요혈에 륜을 두고 기운을 끌어들인다. 이때 륜들은 톱니바퀴식으로 맞물려 있어 주인의 명이 떨어지면 연차 방식으로 륜들이 동시에 움직인다.

승륜심결을 백팔십 개나 늘리는 것에는 많은 무리수가 있어서 무당 양의심공(兩儀心功)의 도움을 빌었다.

정신을 수없이 쪼개 각각에 륜을 두고, 그 륜을 연차시켜 커다란 심법을 구사하도록 만든다.

그렇게 하자 기본적인 틀은 완성되었다.

"비혈구에서 기운을 뽑아내는 방식은 이 정도면 충분해. 문제는 이제 운행 방법과 축적 방도를 만들어야 한다는 것인데……."

심법은 크게 세 가지로 나눌 수 있다.

축기(築氣), 운기(運氣), 발기(發氣).

여기서 륜을 연차시키는 방법은 운기에 해당된다.

비혈구에서 기운을 뽑아낼 수 있는 것은 좋되, 만약 비혈구에 저장된 기운을 모두 소진하고 나면 어쩔 것인가. 또한 보다 능률적으로 기운을 사용할 수 있는 방법도 강구해야 했다.

발기 쪽은 어렵지 않았다.

누천년 전해오며 최고의 발전만을 모색해 온 천마호심공이 있기 때문이었다.

다만 문제는 축기.

비혈구에 기운을 저장시키는 방식이다.

요혈에 자연지기를 저장시킨다는 것은 들어본 적이 없는 바, 이 부분은 아예 새로 만들어야 했다.

비연은 다시 기억하고 있는 모든 무공을 되짚어보았다.

승륜심결을 새로 만들기 위해 되뇌었던 무공들을 다시 돌아보았다. 읽고, 또 읽었다.

몇 번을 그렇게 반복하니 그동안 알고 있었으면서도 잊고 있었던 묘리(妙理)나 무론(武論)들이 다시 떠올라 생각을 재정리할 수 있었다.

때로는 전혀 새로운 깨달음보다 기존에 알고 있었던 하찮은 것에서 색다른 깨달음을 도출해 낼 수도 있는 법이다.

비연은 상승 묘리나 하급 무론들을 모두 되짚어보며 지난 날 그가 쌓아두었던 공부들을 복습할 수 있었다.

그렇게 해서 아주 오래전에 머리 한편에 숨겨두었던 공부 하나를 떠올릴 수 있었다.

무양총론(無恙總論)이라는 잡서로, 소가장에서 살던 어린 시절에 우연히 읽었었다.

당시에는 의미도 모르고 뜻도 알 수 없어서 아무렇지 않게 치부했었는데, 어느 정도 무를 익힌 지금의 안목으로 떠올려 보니 꽤나 깊이가 있는 무학인 듯했다.

'소가장에 이런 깊이 있는 무학서가 있을 줄은…… 그런데도 어째서 소가장은 한낱 삼류 가문에 지나지 않았던 것일까?'

지금 생각해 보면 그가 태어난 절강소가에 대한 의문점은 한두 가지가 아니었다.

승륜심결의 비밀, 잊혀졌다는 과거의 위대함. 하지만 이 모두가 거짓은 아닐는지.

'지금은 승륜심결 완성에만 몰두하자.'

비연은 소가장에 대한 생각을 지우고서 무양총론의 무론들을 승륜심결에 가미하기 시작했다.

백염천룡공(白炎天龍功)이라는 이름의 무학이 가장 큰 도움이 되었다.

'나는 구류화마도를 익힌 까닭에 기운의 성질이 양에 가깝다. 백염천룡공이 좋겠군.'

다행히 천룡공은 승륜심결과 잘 맞아, 비록 좌공이지만 동공으로 새로이 바꾸는 것이 어렵지 않았다.

그렇게 서서히 새로운 승륜심결도 모양새를 갖추어갔다.

화륜심결(火輪心訣).

기운이 화기의 특색을 띠고 있기 때문에 이름 붙여졌다.

하나의 심법을 완성키 위해 되짚어본 심법의 숫자만 백오십칠 개, 반복해서 읽은 횟수는 총 마흔 번이었다.

소요된 시간은 넉 달.

그리고 비연이 무간뇌옥에 들어온 지 정확하게 이 년이 흘렀을 때, 화륜심결은 기틀을 마련할 수 있었다.

第五章
대련

神刀無雙
신도무쌍

비연은 가만히 눈을 감았다.

몸속을 도도하게 흐르는 화기가 느껴졌다.

화륜심결의 완성으로 말미암아 몸에는 펄펄 끓는 양기가 항상 맴돌았다.

비연이 마교에 입문하고 나서 사부인 대마종으로부터 전수받았던 무공은 구류화마도다.

아홉 초식으로 나뉘어 있으며, 뜨거운 천마의 열기를 가진 도법.

기운도 거기에 맞춰 성질이 변한 까닭에 지금 기맥을 누비고 있는 기운도 양의 성질을 지닌 화기였다.

"후우우우……."

비연은 길게 숨을 내쉬었다.

양기는 몸에 활력을 불러주지만, 그것이 뇌에 영향을 끼칠 경우에는 입마를 가져다준다.

다행히 화륜심결의 완성과 더불어 절혼령도 이제 이성(二成)을 이룬 까닭에 입마의 위험은 거의 없었다.

'하지만 항시 주의해야 한다. 나는 아직까지 절혼령에 대해서 모르는 것이 너무 많아.'

천마는 절혼령을 가리키며 이렇게 말했다.

도검불침(刀劍不侵) 금강불괴(金剛不壞).

칼날이 침입할 수 없는 단단한 외피를 자랑하며,

천년내공(千年內功) 등봉조극(登峰造極).

무한한 공력으로 말미암아 최고에 오르니,

불패도지(不敗賭地) 천추군림(千秋君臨).

패배를 모르기에 천년 세월 세상 위에 군림한다.

절혼령의 힘이 커지는 만큼 실력도 몰라보게 느는 것을 확인할 수 있었다.

아직 화륜심결을 완성한 것이 아닌데다가 절혼령에 익숙하지 않아 본 실력을 모두 드러내진 못했다.

대충 짐작해 보건대, 지금 비연이 가진 무력은 일류.

사도수 시절의 실력이 절대위에 조금 덜 미친 초절정이었던 것을 감안한다면 아직 오를 길이 많이 남은 셈이다.

비연은 무간뇌옥에서 나갈 시간대를 본연의 힘을 되찾는 때로 잡고 있었다.

그러기 위해서는 화륜심결의 부족한 점도 채우고 절혼령의 성취도 더 깊어야겠지만, 한번 밟았던 길을 다시 가는 것이기에 오래 걸리지 않을 거라고 생각했다.

"그러기 위해서는 계속된 수련만이 정답이겠지."

비연은 그렇게 중얼거리며 수련에 몰입하기 시작했다.

오로지 밖으로 나가겠다는 일념 그 하나만으로.

그리고 그러한 다짐이 계속되는 한 비연은 계속 끝을 모르고 발전할 것이다.

세상에서 가장 무서운 사람은 천하제일고수 따위가 아니다. 독심(毒心)을 품은 사람이 가장 무섭다. 독심을 품고 목적지만을 향해 달려가는 사람은 주위를 둘러보지 않는다. 몸뚱어리가 으스러져도 깨닫지 못한다. 오로지 달리기만 하기 때문에.

비연은 바로 그런 사람이었다.

"합! 합!"

거친 기합 소리와 함께 일권이 내밀어질 때마다 기파가 연신 터져 나간다.

펑! 펑! 펑! 펑!

단 한 번의 출수에 이은 네 번의 울림.

공타(空打)는 여러모로 어렵다.

깨달음은 물론 그만한 공력도 뒷받침되어야 하기 때문이다.

하지만 비연이 내딛는 한 걸음 한 걸음에는 무게와 절도가
섞여 있었다.

군림보와 더불어 펼쳐지는 소림정통오권은 비연이 그동안
수련을 게을리하지 않았음을 잘 말해주었다.

지분사절(地盆斯折), 야학심식(野鶴尋食).

땅을 끊고, 먹이를 향해 강한 출수를 내뻗는다.

독사수동(毒蛇守洞), 냉학수매(冷鶴守梅).

독을 품은 뱀은 동굴을 지키고, 차갑게 언 학은 매화를 보
호한다.

비연이 펼치는 공격과 방어술에는 빈틈이란 존재하지 않
는 듯했다. 더군다나 소림의 무공과는 전혀 상극이라 할 수
있는 마교의 군림보를 보법으로 사용하는 것은 그의 성취도
가 얼마나 깊은지를 잘 알려주는 대목이었다.

펑! 펑! 펑! 펑!

기파가 수없이 터진다.

권풍(拳風)의 정(頂), 전사경이 휘몰아치며 거친 바람을 일
으켰다.

내딛는 한 걸음에도 정성을 기울이고, 뻗는 주먹 하나에도 최선을 다한다.

발끝에서부터 이는 바람이 몸을 따라 위로 솟구치길 여러 차례. 비연의 정강이가 위로 치솟기도 했다.

권법에 치중된 정통오권을 나름대로 각색해 각법으로도 깔끔하게 완성시켰다.

동시에 허리를 세차게 돌리며 진각과 함께 일권을 쭉 내밀었다.

화륜심결의 화기가 밖으로 발출되었다.

쿠르르릉!

권풍과 함께 붉은색 화염이 회오리쳤다.

그것은 하나의 용권풍이었다.

발경의 묘를 담아 펼쳤지만, 화륜심결은 이를 새로이 해석해 보다 확실한 공격 방법을 만들어냈다.

절혼령은 무학보다는 이능에 가깝기 때문에 보통 무학은 해내지 못하는 것도 쉬이 해내곤 한다.

또한 신체(神體)이기에 이능이 가지고 있는 능력을 주인에게 모두 건네준다.

비연은 절혼령이 가져다준 위력을 절실히 만끽하며 조용히 숨을 골랐다.

"드디어 사성(四成)이구나."

시간도 어느덧 많이 흘러 절혼령의 성취도 사성이 되었다.

날이 갈수록 더욱 깊어지는 공부와 절혼령의 위력에 깜짝 깜짝 놀랄 때가 한두 번이 아니었다.

"아직 가야 할 길이 멀긴 하지만."

이제야 겨우 밖에 나가서 고수 소리를 들을 정도가 되었다. 일류를 갓 벗어난 절정급. 사도수 시절의 힘을 반 정도 찾은 것이다.

"그러고 보면 나도 꽤나 높은 경지였단 말이지."

요즘 무공을 다시 익히면서 비연은 무간뇌옥에 들어오기 전에 사도수라는 별호를 갖고 있었을 때의 자신이 얼마나 강했는지를 절실하게 느낄 수 있었다.

수많은 전장을 넘나들며 무수히 많은 적을 베었지만, 항시 스스로가 부족하다고 느꼈기 때문이다.

초절정의 고수라고 하지만, 그 위로는 절대위라는 커다란 산이 있었다.

사부인 대마종이 속해 있는 여섯 절대자 육제(六帝).

삼정삼마(三正三魔)로 구분되는 이들은 각각 정도와 마도에서 그 누구도 범접할 수 없는 절대 강자의 자리를 고수했다.

그뿐만이 아니다.

육제는 당금의 절대자들을 가리키는 말일 뿐, 전대로 넘어가면 그보다 더한 괴물들이 숨 쉬고 있었다.

사패(四覇).

삼십 년 넘게 진행된 정마대전에서도 손가락에 꼽을 정도만 모습을 드러냈던 이들. 지금은 은거했는지 세수가 다해 죽었는지 모르지만 정확한 것은 그들을 이길 존재는 아무도 없다는 것이다.

'사패보다 더 전대인 팔좌(八座)의 한 사람도 살아 있으니 사패가 벌써 유명을 달리했을 리 만무하지.'

여하튼 이렇게만 꼽아보아도 벌써 열이 넘어간다.

그 외에도 사도수와 비교해도 절대 부족하지 않을 강자들은 수없이 많다.

"강호는 넓고 기인이사는 모래알처럼 숱하게 많으니까."

차대 절대자의 위를 노리고 있는 신주삼십이객(神州三十二客) 역시 무시해서는 절대 안 된다.

이들 중에도 사도수와 맞먹거나 능가한다고 평가받는 사람도 더러 있었다.

"후우… 아직 갈 길이 멀군."

비연은 작게 읊조리며 아무렇게나 땅에 널브러져 있는 쇠사슬 중 하나를 주워 들었다.

철그럭.

간만에 양손에서 느껴지는 묵직한 느낌과 함께 비연은 화륜심결을 운기했다.

휑!

그러자 강신도결에 녹아든 무상대능력의 힘이 펼쳐졌다.

쇠사슬은 마치 살아 있는 생물처럼 공중을 마음껏 유영하다가 땅을 강하게 때렸다.

퍽!

손에 이는 묵직한 타격감이 마음에 들었다.

비연은 재차 군림보를 밟고서 강신도결을 마음껏 운용했다. 기맥을 따라 화기가 마음껏 돌았다.

"하아아앗!"

만년한철로 만들어진 쇠사슬이다. 그 무게가 상당할 것인데도 비연은 마치 장난감처럼 가볍게 다루었다.

하지만 겉으로만 그렇지, 속내는 전혀 그러지 못했다.

무게도 무게지만 무공 하나하나에 기단세를 심어두려는 비연의 노력이 묻어 있기 때문이었다.

동작 하나하나에 소림정통오권이 녹아들고 군림보가 묻어났다.

비연은 바로 그런 사람이었다.

나가겠다는, 복수를 하겠다는, 유수연을 다시 만나겠다는 일념은 희망을 절대 놓치지 않았다.

그리고 그 결과 중 하나가 바로 지금의 모습이었다.

쿠르르르!

마치 벼락이 내리꽂히는 듯한 착각이 일었다.

허공에 날리는 쇠사슬은 수시로 공중을 유영하며 연달아 공간을 때렸다.

휘잉!

쿵!

"허억! 허억!"

입에서 단내가 흘러나왔다. 갈증을 느낀 목이 뜨거운 숨결을 토해냈다.

어느새 비연의 전신은 땀으로 뒤덮였다. 하지만 그는 쇠사슬을 손에서 놓지 않았다.

쿠르르르!

다시 한 번 일대가 뒤흔들릴 무렵, 누군가가 그의 뒤에 나타났다.

"낄낄, 제법이야."

시고의 목소리였다.

비연은 그제야 쇠사슬을 안쪽으로 끌어당겼다. 공중을 유영하던 쇠사슬의 끄트머리가 바로 그의 발 옆에 박혔다. 비연은 자리에 털썩 주저앉으며 길게 숨을 내쉬었다.

"후우! 오셨소?"

"그래, 오셨다."

시고는 씩 웃었다.

"정말 네 녀석이 그때 걸레쪽이 되어서 왔던 놈이 맞나 모르겠단 말이지."

"시고의 도움 덕분이오."

"아니야, 아니야. 이건 전부 너의 노력이 낳은 결실이지.

낄낄, 솔직히 내가 해준 게 뭐가 있어? 그냥 독 빼주고 좋은 약 먹여준 것밖에 더 있나? 아, 절혼령을 강제로 덧씌운 것도 있긴 하군. 낄낄."

시고는 말을 계속 이었다.

"정말 빈말이 아니라 넌 정말 대단한 녀석이다. 어떻게 그렇게 미치도록 무공에 빠질 수 있는 건지. 그 나이에 무공을 아예 창안할 수 있는 열의도 그렇고. 노부는 아직도 이해하지 못하겠다. 젊은것들이란 편한 길만 찾고 힘들게 배우려고 하지 않으려 하는데 말이지."

"밖으로 나가지 않은 지 꽤 오래되지 않지 않았소? 어떻게 요즘 젊은 사람들이 편한 것만 찾는 줄 아오?"

"에잉, 입만 까졌구나. 낄낄, 그런 건 보지 않아도 다 안다. 원래 세월이 흐르면 흐를수록 사람은 편한 것만 찾게 되는 법이야. 그 시간이 퇴보되지 않는 한."

비연은 저도 모르게 고소를 흘렸다.

"그렇다면 지금의 바깥세상은 이야기가 달라져야 할 것 같소만……."

"음? 뭐라고?"

"아니오. 혼잣말이오."

"에잉, 이럴 때의 네놈은 정말 재미없단 말이지. 평상시에는 꼬박꼬박 말대꾸도 잘하는 것이 한 번씩 인생 다 산 노인네마냥 회의에 젖은 표정이나 짓고 말이야. 노부 앞에서 다시는 그런 표정 짓지 마라!"

"그럼 그 표정을 지을 때만큼은 알아서 피해가도록 하시오."

"뭐? 허! 정말이지, 무공만 늘었는줄 알았더니 입담도 많이 늘었구나."

"어떤 성격 괴팍한 노인네를 만나니까 이렇게 변하더이다."

시고는 기가 차다는 표정을 지었다.

"허참! 네놈, 정말이지 그 말대꾸 솜씨와 정파 놈들이나 쓰는 말투만 고치면 딱 마음에 들 텐데 말이다. 그럼 노부가 친히 제자로까지 삼아줄 수 있는데 말이지."

"나에게 사부는 한 분뿐이오."

"에잉, 재미없게시리. 너, 내 무공을 배울 생각은 없는 게냐?"

"이미 강신도결과 절혼령만으로도 커다란 숙제요. 더 이상의 무공은 나에게 방해만 될 것이오."

"헐, 노부가 밖에 나가면 한 수라도 배우겠다고 할 녀석들이 지천에 깔렸을 게다. 노부가 이렇게 숙이고 들어가는데도 싫다?"

"나에게는 한평생 사부는 한 분뿐이오. 죄송하오. 하지만 가끔씩 심심할 때마다 한 수 정도는 가르쳐 주시구려."

"말은 잘하는구나. 에잉, 쯧쯧, 나도 너 같은 녀석 하나도 필요없다."

말은 그렇게 해도 내심 아까웠다.

어딜 가도 저런 녀석은 찾아보기 힘들 것이다.

타고난 골격, 끝을 모르는 고집, 무공에 대한 열정. 그 어느 것도 부족한 점이 없다.

나이가 많다고 하더라도 그의 무학은 나이를 불문하고 노력의 여하에 따라 경지가 결정되는 무학이기에 더욱 욕심은 컸다.

만약에 비연이 약간의 빈틈만 보인다면 강제로라도 사제지연을 맺을 심산이었다.

하지만 비연은 여태껏 단 한 치의 틈도 내비치지 않았다.

'이럴 줄 알았으면 처음 만났을 때부터 강제로 제자로 삼는 것을. 쯧, 괜히 폼 잰다고 계약이니 뭐니 한소리 했다가 피똥만 싸는구나.'

시고의 세수도 백을 넘긴 지 오래다.

그중 반평생은 아무도 없는 이 적막한 동굴에서 살아왔다.

구주가 좁다 하며 강호를 빨빨거리며 돌아다닐 때는 몰랐는데, 이렇게 시간이 한참 흐르고 나니 후학에 대한 욕심을 숨길 수가 없었다.

'사람이 살아가면서 얻을 수 있는 가장 큰 행복 중 하나가 바로 똑똑한 제자를 얻어 기르는 것이거늘.'

시고가 입맛을 다시고 있을 즈음, 그를 바라보는 비연의 눈길은 착잡하기 그지없었다.

'미안하오, 시고. 나 역시 그대를 사부로 모시고 싶으나 나에게 사부는 딱 한 분뿐이오. 또한, 거짓된 관계로 시작된 우리 사이를 사제지연으로 묶을 수는 없기에 이렇게 피하는 것이오.'

사실 시고는 자신의 의중을 몇 번이고 내비친 적이 있었다. 그것만이 아니어도 얼굴에 그 심중이 다 드러나는 노인네라 속마음을 간파하는 것은 어렵지 않았다.

하지만 그때마다 비연은 이런저런 핑계로 답을 회피하거나 거절했다.

필요에 의해 시작된 관계는 그 이상도, 그 이하도 되지 못한다는 생각에서였다.

아니, 어쩌면 그것은 다 핑계인지도 모른다.

그저 단순히 세상 사람에게 마음을 여는 것이 무서운 것인지도.

"한데, 이곳엔 왜 찾아온 것이오?"

"아, 맞다. 네 녀석에게 보여줄 것이 있어서 찾아왔느니라."

"보여줄 것……?"

"그렇다. 낄낄, 네놈도 무공을 익힌 놈이라면 잘 알 만한 곳이다. 이제 너는 박수를 치며 나를 사부로 모시겠다고 하게 될 것이다!"

'또 무슨 짓을 하려고?'

비연은 쓴웃음을 흘렸다.

한 번씩 시고가 이렇게 호들갑을 떨 때면 이상한 것을 건네 거나 보여줄 때가 많았다. '네놈의 공력을 몇 배는 불게 해주마!', '네놈이 평생을 다 바쳐도 보지 못할 진귀한 것이다!' 따위의.

시장에서 약 파는 약장수같이 이상한 것도 잘 만드는 탓에 비연은 말 그대로 피똥을 쌀 뻔한 적도 몇 번 있었다. 개중에 몇몇은 진짜 큰 도움이 되긴 했지만.

하지만 기억상 좋지 않았던 것밖에는 없는 탓에 따라가기 가 두려워졌다.

"왜 안 따라와?"

"가겠소. 먼저 쇠사슬을 거두어야 할 것 아니오."

"그것, 치이기만 하는 쇠사슬을 또 끌고 와?"

"내 마음이오."

"으으, 정말 입만 발랑 까졌어."

시고는 투덜거리며 앞장섰다.

여태껏 비연이 단 한 번도 가보지 못한 길이었다.

시고가 비연을 데리고 도착한 곳은 비연이 연무장으로 사용하던 곳보다 더 큰 규모를 자랑하는 공동이었다.

무간뇌옥 안에 이런 곳이 있었나 하는 생각이 들 정도로 공동은 수백 명이 꽉 차도 남을 만큼 컸다.

"여기서 뭘 하겠다는 것이오?"

비연의 물음에 시고는 짤막하게 대답했다.

"네 실력 확인."

"시험해 보겠다는 뜻이오?"

"그렇다. 낄낄, 사실 네놈이 들어온 지도 꽤나 오랜 시간이 흐르지 않았느냐. 몸도 다 나았고 절혼령도 익혔으니 이제 무공을 익히는 일만 남지 않았느냐?"

"그렇소."

"그래서 시험해 보겠단 뜻이다. 노부가 도와주면 그 시간이 빨라질 게야."

비연의 눈동자가 살짝 빛났다. 시고가 도움을 준다면 분명 큰 도움이 될 터였다. 아니, 큰 도움이 아니라 기연일 것이다.

화가도 염도시고는 고금을 통틀어 다섯 손가락 안에 꼽을 정도로 뛰어난 강자라고 한다.

오죽하면 백 년이 지난 지금까지도 그를 가리켜 대마인, 혹은 제일마라고 칭송할까.

시고가 도와준다면 무공을 되찾는 데 잡은 기한을 최대 절반까지 줄일 수 있을 터였다.

하지만 비연은 곧 기대감 어린 눈빛을 저버려야 했다.

"사부로 모셔야 한다면, 다시 말하지만 나는 두 명의 사부를 모실 수 없소이다."

비연이 진성에 대한 원한을 키우는 이유는 자신을 나락에 빠뜨렸다는 것도 있지만, 자신의 사부를 해하였다는 점도 한몫 단단히 했다.

대마종은 그만큼 비연에게 있어 큰 존재였다.

가문을 잃고, 유리걸식으로 간간이 목숨을 연명하던 그에게 유일하게 따스한 손길을 내밀어주었던 사람.

처음 손을 내밀 때에 그가 보여주었던 미소는 아직도 잊을 수가 없었다.

시고의 안색이 절로 찌푸려졌다.

"노부도 강요할 생각은 없다, 이놈아. 내가 무슨 배알도 없는 사람인 줄 아느냐? 그냥 네놈이 보기 안쓰러워서 도와주겠다는 것인데 왜 그리 말이 많아?"

그러면서도 속으로는,

'아무튼 그놈의 고집은 왜 그리도 센지! 두고 보아라. 네놈을 바짝 엎드리게 만들어서 제발 사부로 삼게 해달라고 조르게 만들 테니!'

"그럼 이쪽에서 먼저 가겠다."

시고는 한 걸음을 성큼 내밀며 오른손을 쫙 뻗었다. 순식간에 비연의 눈앞에 시고의 장심이 어른거렸다.

비연은 재빨리 퇴보를 밟아 공격을 피하려 들었다. 하지만 시고의 공격은 거기서 그치지 않았다.

펑!

시고의 장심에서 발출된 장풍에는 막강한 공력이 담겨 있었다. 비연은 재빨리 운룡번천의 수로 높이 뛰어올라 공격을 피해냈다.

"놓칠 성싶으냐!"

시고는 양손을 쭉 뻗어 번갈아 장풍을 쏘아댔다.

기운을 끌어올려 바람으로 만들기까지는 많은 시간이 소요되지만, 시고의 손아래에서 장풍이란 그저 간단하게 뽑을 수 있는 놀이거리에 지나지 않았다.

펑! 펑! 펑! 펑!

도합 열여섯 개의 장풍이었다.

비연은 재빨리 용천혈에 흡기를 사용해 천장에 발을 붙이고는 재빨리 뛰기 시작했다.

우르르르!

비연이 지나간 자리마다 장풍이 박혔다. 종유석이 우지끈 부서지며 아래로 우수수 떨어졌다.

"쥐새끼처럼 잘도 피하는구나! 오냐, 이것도 피할 수 있는지 보자꾸나!"

시고는 신나게 외치며 장풍을 강하게 압축시켰다. 강기를 실은 강환(罡丸)이었다.

강기를 작게 압축시킨 까닭에 속도는 물론 대단한 파괴력까지 지니고 있다. 한 번 만들어내는 데 막대한 양의 공력이 소비되기에 아무나 쓸 수 있는 게 아니었지만, 시고에게는 역시 장풍만큼이나 쉬운 기술이었다.

투두두두!

이어 수십 발의 강환이 날아들었다. 장풍과는 비교도 할 수 없을 정도의 속도.

피하는 것은 무리다. 결국 남은 방법은 방어밖에는 없었다.

비연은 손에 쥐고 있던 쇠사슬을 안쪽으로 끌어당기며 크게 원을 그렸다.

타다다다당!

족히 몇 장은 될 길이를 자랑하는 쇠사슬에 맞고 튕겨 나가는 강환. 비연은 쇠사슬의 추를 밟아 높이 뛰었다.

휘이이잉.

쇠사슬은 마치 꼬리처럼 비연의 뒤를 따랐다.

'추혼격이다.'

비연은 화륜심결의 힘을 뽑아내며 쇠사슬을 채찍처럼 휘둘렀다. 끝에 달린 추가 유성처럼 아래를 향해 내리꽂혔다.

쾅!

동굴 바닥에 삼 장(三丈:9미터) 너비의 구멍이 파였다. 하지만 쇠사슬은 둔기. 속도가 느릴 수밖에 없다. 피해 버린다면 이미 공격은 무효화되는 것과 마찬가지였다.

시고는 날아드는 총알도 파리 쫓듯이 쳐버리는 동체시력을 가지고 있다. 쇠사슬을 피하는 것쯤은 무리도 아니었다.

그는 간단하게 뛰어올라 쇠사슬을 발판으로 삼았다.

"낄낄! 계단이로구나!"

시고는 쇠사슬을 따라 위로 뛰기 시작했다.

비연이 재빨리 쇠사슬을 회수하려 했지만, 땅 깊숙이 박힌 추는 뽑힐 생각을 하지 않았다.

"네놈의 실수 첫 번째."

시고는 쇠사슬 중간 부분쯤에서 강하게 쇠를 박차 어기충소의 수로 손쉽게 비연의 면전에 다다를 수 있었다.

"병기의 사용이 잘못되었다."

펑!

권풍이 불었다. 후끈한 열기와 함께 열양장을 머금은 권풍이 비연의 안면을 강타했다.

비연은 재빨리 양팔을 교차시켜 권풍을 막아낼 수 있었다. 하지만 충격파로 인해 뒤로 튕기는 것은 막을 수 없었다.

"제길!"

욕지거리를 내뱉는 동안 시고의 강환이 완성되었다.

"네놈의 실수 두 번째."

투두두두두!

"자신의 실력을 과대평가했다."

강환의 숫자는 총 열여섯 개. 방금 전처럼 강환을 막아줄 쇠사슬은 두 손에 없었다.

비연은 재빨리 몸을 회전시키며 격공을 때렸다. 경력은 공간을 넘어 강환 대부분을 집어삼킬 수 있었다.

하지만,

"실수 세 번째. 앞을 내다보지 못했다."

시고의 몸이 잔상이 되어 흔들리는가 싶더니, 어느새 추락하는 비연의 뒤에 나타나 있었다.

시고는 장심을 비연의 뱃전에 가져다댔다.

"낄낄, 결국 너는 결투에서 가장 중요한 세 가지를 실수함으로써 결코 돌아올 수 없는 길을 건너고 만 것이다!"

펑!

"쿨럭."

입가를 타고 선혈이 흘러나왔다. 몸속에 깊숙이 침투한 경력이 내기의 흐름을 뒤엉켜 놓았다.

륜의 활동이 저하되며 화륜심결의 활동도 잠시 중단되었다. 짧은 순간이었지만, 그것만으로도 비연에게는 큰 내상을 입는 결과가 되고 말았다.

픽!

시고는 비연의 등을 강하게 내려쳤다. 비연의 몸뚱어리는 힘없이 땅에 꼬부라지고 말았다.

척.

시고는 고고하게 땅에 착지해 땅에 꽂힌 쇠사슬을 뽑아 비연에게 던졌다.

철그럭!

"네놈은 처음 몸이 망가져 들어왔을 때보다 훨씬 약해져 있어. 자신의 실력을 아직 정확하게 판단하지 못했고, 병기를 잘못 사용하였으며, 싸움에 너무 치중한 나머지 가장 중요한 적의 투로를 간파하지 못했다."

"……."

비연은 달리 할 말이 없었다. 그저 땅을 잡고 토악질을 할 뿐이었다.

사실 시고의 말은 많이 틀렸다.

비연은 결코 자신의 실력을 과대평가하지 않았다.

수없이 많은 전장을 넘고 사선을 겪어온 비연이다. 전장에서의 잘못된 평가가 곧 죽음으로 귀결된다는 것은 누구보다 잘 알고 있었다.

다만 실수라는 것을 꼽아본다면 아직 화륜심결이 완성되지 못하고, 절혼령이 자꾸 심안에 혼란을 가져다준다는 점 때문에 많은 어려움을 겪은 것이다.

심안이 흐트러지니 당연히 오감과 영감으로 싸우는 비연의 공격이 날카롭지 못한 것도 어떻게 보면 당연지사였다.

또한 시고의 움직임이 타의 추종을 불허하는 까닭에 그의 투로를 읽어낸다는 것은 불가능에 가까웠다.

"일어나라."

"……."

비연은 몸을 일으켜 세웠다. 두 눈으로 볼 수는 없어도 지금 시고가 내뿜는 살기가 진짜라는 것은 쉽게 알 수 있었다.

　"지금부터 절대 봐주지 않을 것이다."

　비연이 몸을 바로잡고서 외쳤다.

　"오시오!"

　"이놈 보게? 네놈은 장유유서도 모르느냐! 어느 누가 감히 어른에게 오라 가라 명한단 말이냐!"

　"나이 많은 것이 자랑이오?"

　"이놈이!"

　일 보를 내딛자마자 시고의 신형이 사라졌다.

　비연은 가만히 심안을 주시했다.

　겉으로는 시고에게 농을 던지며 여유로운 척했지만, 속으로는 어디서 시고가 나타날지 몰라 촉각을 곤두세우고 있는 중이었다.

　"여기다, 이놈아!"

　퍽!

　시고는 특유의 목소리를 내며 바로 면전에서 나타나 비연의 복부에 강한 일격을 먹였다.

　"큭!"

　재빨리 그쪽 방향으로 쇠사슬을 돌렸지만, 그새 시고는 다시 사라지고 없었다.

"이번엔 여기다."

펙!

등 뒤였다. 시고는 장난을 치듯이 정강이로 허리를 후려쳤다. 하지만 시고에게 장난이지 비연에게는 결코 장난이 될 수 없었다.

"제길……."

"대체 어딜 보고 있는 게냐?"

"위쪽인가!"

비연은 심안이 가리키는 방향을 따라 쇠사슬을 크게 돌렸다.

휘이이이잉!

채찍처럼 날아든 쇠사슬이다. 끝에는 화기와 함께 경력도 실려 있었다. 하지만 제아무리 빠르고 강한 일격이라 할지라도 상대를 맞출 수 없다면 말짱 꽝이다.

쉭!

"잘 읽어냈다만 아직 부족하구나."

시고의 신형은 어느새 비연의 턱 밑에 나타났다. 주먹은 그대로 턱을 강타했다.

"커헉!"

비연의 몸뚱어리는 가볍게 공중을 날다가 아래로 처박혔다. 시고는 그 뒤를 따라가 각법을 날리며 비연의 몸을 그대로 땅에 심었다.

콰앙!

"으으으윽……."

"아직 멀었어, 멀었다고. 심안은 그렇게 사용하는 게 아니야. 그리고 절혼령도 그렇게 약하지 않아."

비연은 다시 자리에서 일어났다. 계속된 타격으로 인해 경혈 곳곳이 헝클어졌지만 어느 정도는 버틸 수 있을 듯싶었다.

"허억! 허억! 아직 멀었소. 오시오."

"에잉! 아무튼 네놈의 고집은 아무도 말리지 못한다니까. 그래, 이번엔 진짜 제대로 해보자."

시고의 살기가 확 변했다.

이번 공격을 막아내지 못한다면 죽음밖에는 없다고 몸이 경고했다.

비연의 심안이 빠르게 돌아갔다. 오감이 극대화되고, 제육감이라는 영감이 더욱 짙어졌다.

비연은 아직 깨닫지 못했지만, 그가 가진 심안은 절혼령을 만나 이제 육감을 넘어 예지에 가까워졌다.

이성이 아닌 본능. 몸이 따르고자 하는 대로 움직인다면 결과는 달라질 터였다.

'천마, 당신이 과거에도 미래에도 없을 전무후무한 고금제일인이라면… 당신이 만든 무공, 한번 믿어보겠소.'

비연이 절혼령에 대해서 아는 것은 거의 없다.

그저 천마가 요결로 남겼고, 그것을 익히다가 죽은 이들이 태반이라는 것만 안다.

설사 익히는 데 성공했다고 할지라도 결국 절혼령의 힘 앞에 무릎 꿇어 잡아먹힌다는 허무맹랑한 소리밖에는 듣지 못했다.

하지만 허무맹랑한 소리라 할지라도 이것이 천마의 절기라면, 이것이 그에게 새로운 생을 가져다준 요물이라면…….

'믿는다!'

비연은 심안의 영역을 더욱 확장시키며 군림보를 강하게 밟았다.

'지금이다!'

슈슈슈슛―

시고의 몸뚱어리가 다시 사라졌다. 동시에 비연의 머리 위에서 나타났다. 비연은 주먹을 말아 쥐며 경력을 끌어올렸다.

쿠르르릉!

화륜을 따라 흘러내린 기운이 강한 돌풍을 일으켰다.

"호오!"

시고는 의외라는 표정을 지으며 다시 공간 속으로 몸을 녹였다.

쉭!

이번엔 왼쪽 허리. 비연은 왼쪽 장심을 쭉 넓게 뻗어 시고의 열양장을 막아냈다.

펑!

"이제야 드디어 절혼령을 사용하는 방도를 어느 정도 터득했나 보구나!"

절혼령은 무한한 내공과 단단한 외피를 주지만, 그것만으로는 절대자가 되기는 힘들다. 지지 않는 의지, 패배를 모르는 패기. 그것이야말로 절혼령의 진정한 힘이었다.

비연은 그런 절혼령의 힘을 끌어올릴 수 있었다.

팟!

경력과 경력이 맞부딪치며 강한 폭발을 낳았다. 비연과 시고가 몇 발자국씩 뒤로 밀려났다. 하지만 비연의 공격은 거기서 끝이 아니었다.

폭발음 사이로 쇠사슬이 날아들었다. 훼에에엑, 하는 소리와 함께 강한 일격이 시고의 몸뚱어리에 박혔다.

보통 사람이라면 그대로 몸이 부서졌겠지만, 불행히도 상대는 시고였다.

찢어진 옷 사이로 드문드문 비치는 상처—상처라고 하기도 힘든 것이, 살짝 손톱으로 긁은 정도밖에는 되지 않았다—를 본 시고는 잔뜩 성이 난 얼굴로 소리를 버럭 질렀다.

"네놈이 정녕 개념을 똥통에 박아 넣었구나! 감히 노부의 몸에 생채기를 내?!"

"이것은 어디까지나 대련이 아니오! 그렇게 따지면 시고도 진심으로 나를 죽이려고 했었……."

"시끄럽다!"

시고는 쇠사슬을 끌어당겨 비연에게 성큼 다가서며 열양장을 명치에 박았다.

쿠웅, 하는 소리와 함께 비연은 정신을 잃고서 그대로 쓰러졌다.

절혼령과 심안을 합치시키면서 오성(五成)의 영역에 들었음에도 시고를 당해내기가 힘든 것이다.

시고는 쓰러진 비연을 보며 투덜거렸다.

"에잉! 그냥 몇 번 패대기치고 나서 강제로 제자로 삼으려 했는데… 그새 또 발전해? 이놈은 어떻게 된 게 하루가 멀다 하고 강해지는 건지."

정말 이놈을 강호로 내보내면 어떤 괴물이 될지 아무도 모를 것 같았다.

"그나저나 이런 놈을 상대로 힘의 칠성까지 쓰게 될 줄이야. 나도 이제 늙었나?"

시고는 별 시답잖은 걱정을 해대기 시작했다.

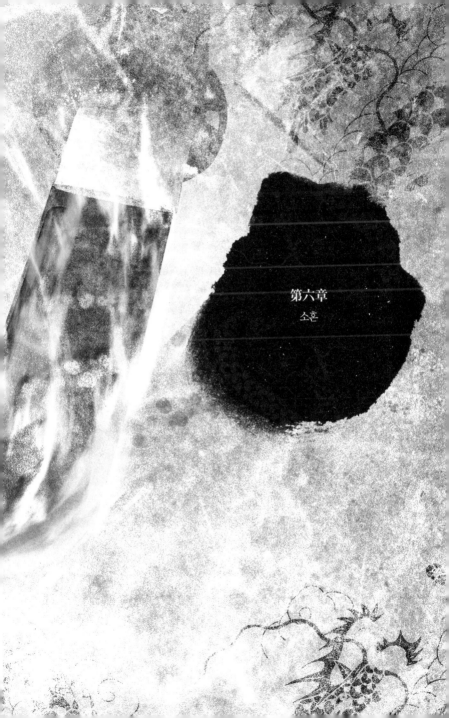

第六章

소혼

神刀無雙
신도무쌍

동그란 모양의 큰 탁자가 실내 중앙에 놓여 있었다.

까만 밤을 물리치기 위해 위에 매달린 야광석이 묘한 느낌의 빛을 하얀 눈송이처럼 뿌려댔다.

그 아래엔 네 남자와 한 여자가 둘러앉아 이야기를 나누고 있었는데, 분위기가 사뭇 진지하기 이를 데 없었다.

"그래서? 정파 놈들의 동태가 어떻게 되었다는 거야?"

한 남자의 물음에 여자가 피식 웃으며 답했다.

"무슨 소리긴 무슨 소리야, 당연히 휴전 기간 동안 정파 놈들의 대가리 태반이 뒤바뀌어 버렸다는 뜻이지."

"그런 게 가능한 건가?"

"충분히 가능하지. 장장 삼십 년 이상이나 끌어온 전쟁이야. 끝이 보이지 않으니 저쪽의 젊은것들이 어떻게 생각하겠어? '우리가 늙어죽을 때까지 전쟁이 계속될 건가?' 라고 생각하지 않겠어?"

"그래서 구시대와 신시대의 갈등이 고조되었다?"

"그런 셈이지."

다른 남자가 피식 웃으며 답했다.

"제천궁(制天宮)이라……. 시대의 흐름을 잘 파악하고 그것을 이용해서 많은 무인의 지지를 받고 일어선다. 멋지군."

그들은 칭찬에 인색하다. 그것이 마교 오대수(五大秀) 중 천겁령수(天劫靈秀) 고연대라면 더더욱. 고연대가 인정할 정도라면 그것은 그들의 마교에까지 영향을 미치는 것을 의미하기 때문이었다.

소교주 사도수 비연이 실각된 이후로 마교는 오대마맥(五大魔脈)의 후인들이 합동으로 주관하며 운영되었다.

비록 나이는 이립(서른) 전후의 젊은 사람들이라고 하지만, 오랜 전란의 종지부를 찍기 위해 각 마맥들이 후인에 투자한 것은 엄청난 것이어서 오대수는 모두 구대문파 장문인과 비교해도 뒤지지 않는 힘을 자랑하게 되었다.

그들이 천원당에 모여 회의를 나눌 때는 교의 중대사가 걸린 일을 처리하기 위할 때밖에는 없다.

비록 지금이 협정으로 말미암아 겨우 얻은 휴전 기간이라지만, 아직까지 정파와의 전쟁이 모두 끝난 것은 아니었기에 그들의 권한은 엄청났다.

하지만 오대마맥을 상징하는 후인들이라 할지라도 개중에 단연 뛰어난 자가 존재하는 법.

신마천수(神魔天秀) 진성.

사도수의 패륜을 증명하고 그를 실각시켰던 남자. 목숨과도 같았던 벗을 버림으로써 자신이 일어설 발판을 마련하고, 더 나아가 뛰어난 무위로 혼란에 빠졌던 교를 단숨에 휘어잡은 사람이 바로 그다.

진성은 반란의 기미를 보이는 이들의 목을 주저없이 쳐내며 신마맥을 명실상부한 오대마맥의 제일맥으로 만들어놓았다.

지금에 와서는 당대 교주를 배출해 낸 반세맥(反世脈)이 중앙에서 밀려나는 것이 아니냐는 말까지 나돌 정도였다.

휴전 기간인 작금의 상황을 틈타 전력이 많이 약화된 구대문파와 오대세가를 억누르고 일어선 패웅 제천궁에 대한 이야기가 오고 갈 때에 여태껏 조용히 입을 다물고 있던 진성이 드디어 입을 열었다.

"그래서 제천궁의 움직임은?"

"음?"

"제천궁이 중원 통일을 한다거나 하는 움직임은 없냐는 뜻이다."

오대수의 홍일점 역천화수(逆天花秀) 채홍련이 입을 열었다.

"그런 움직임은 보이지 않아."

"가장 큰 세를 가졌음에도 군림을 하지 않는다?"

"어. 분명히 구대문파의 힘이 덜 미치는 강남을 중심으로 세를 자꾸 확장하고는 있어도, 기존의 세력과의 충돌은 최대한 배제하는 분위기야."

"머리를 쓰는 거겠지."

"그게 무슨 뜻이지, 유현?"

채홍련의 물음에 환도개수(幻道凱秀) 유현이 답했다.

"말 그대로야. 지금 제천궁이 욱일승천의 기세로 떠오른다고 할지라도 아직은 구대문파와 오대세가에 대항할 수는 없어."

"아무리 약해져 있다고 해도 명문은 명문. 싸워서 중원 통일을 이룰 수는 있으나, 그렇게 되면 본 교에 먹힐 수 있다는 것 때문이로군."

유현은 고개를 끄덕이는 것으로 대답을 대신했다.

진성이 입을 열었다.

"물론 유현의 대답처럼 제천궁이 본 교의 움직임 때문에 아직 야욕을 드러내지 않은 것일 수도 있다. 하지만 본 교가 가진 제천궁에 대한 정보는 너무 미진하다. 놈들이 어디서 왔는지, 목표가 무엇인지 알지 못하지."

"흠……."

"으음……."

제천궁은 마치 하늘에서 갑자기 뚝 떨어진 것처럼 갑자기 나타난 문파다.

절강에서 갑자기 일어선 그들은 파죽지세로 강남 일대를 휘저으며 세를 확장해 나갔다. 만 일 년이 넘었을 때에 제천궁은 마교를 제외한 강호제일세로서의 굳건한 입지를 다질 수 있었다. 오랜 전란으로 인해 피폐해진 민초들이 그들을 지지했기 때문이다.

하지만 그들 수뇌부에 대한 것은 철저한 보안과 비밀의 흑막 속에 가려져 있었다.

개방과 하오문, 공공문을 비롯한 여러 정보 단체와 마교의 비각까지 나섰지만 그들의 정체는 밝혀진 바가 없었다. 어디서 왔는지, 목표가 무엇인지 제천궁에 대해 아는 것은 전무하다 해도 과언이 아니었다.

진성은 이것을 지적하고 나선 것이다.

"현."

"말해."

"환도맥의 정보를 풀어라."

"비각으로는 부족한가?"

"그렇지 않으면 내가 이렇게 지시를 내릴까?"

"알았다."

환도맥은 오대마맥 중 머리와 정보를 담당하는 곳. 그들이 나선다면 곧 얼마 가지 않아 제천궁 회주 셋째 첩의 오늘 속곳 색깔까지 알아낼 수 있을 것이다.

"홍련."

"호호, 나는 왜?"

"역천맥도 풀어."

"칫, 환도맥과 우리만 힘을 푸는 거 아니야?"

"반발은 숙청으로 다스린다."

"칫, 농도 못한단 말이지."

채홍련을 입을 삐죽 내밀며 투덜거렸다. 하지만 그녀는 진성의 명대로 역천맥의 정보각 역시 중원에 풀 것이다.

오대마맥의 후인 오대수의 회의로 교가 이끌어진다고 하지만 이미 교는 진성의 지시대로 움직이는 것이나 다름없었다.

그저 아직 교주가 승하하지 않아 중앙이 바뀌지 않았을 뿐, 이미 어느 정도 윗선에 앉은 사람들은 모두 진성의 신마맥에 줄을 선 상태였다.

'언젠간 반드시⋯⋯.'

대마종의 아들인 반세맥주 반세고수(反世高秀) 혁리빈현은 분기를 토하며 이를 갈았다.

진성은 그 눈빛을 무덤덤하게 여기며 회의를 끝마쳤다.

"오늘 마맥회의는 여기서 종(終)하겠다."

회의가 끝난 후 진성은 홀로 천원당에 남았다.

그는 의자에 깊숙이 몸을 묻으면서 중얼거렸다.

"이런 짓거리를 하는 것도 이제 슬슬 지치는군."

신마맥의 맥주, 신마천수로 산다는 것. 그것은 진성에게 있어서 인형극 놀이, 그 이상도 그 이하도 아니었다.

그저 필요하기에 꿰차고 있을 뿐이다. 필요하기에 비연을 실각시키고 그 자리에 앉아 마교를 좌지우지하고 있을 뿐이었다.

"천년마교를 지탱하는 다섯 기둥 중 하나라고 하더니, 이 자리 하나 꿰차는 것이 왜 그리도 쉬웠던지."

신마맥은 본래 오대마맥 중에서 가장 세가 약한 집단이었다.

정마대전 초기에 정파의 합공을 받아 대부분의 무사를 잃고 귀중한 무공마저 유실해 버린 까닭이었다.

거기다가 새로 맥주를 역임한 이마저 유약한 성정을 지녀서 그 세는 나날이 기울었다.

그때 등장한 것이 바로 회(會)였다.

회는 가장 먼저 신마맥의 간부들을 회유하거나 응하지 않는 자를 암살하는 식으로 신마맥을 장악했다.

그다음, 회에서 파견한 진성을 신마맥주 자리에 앉히고 맥에 대한 물량 공세를 아끼지 않았다.

회의 도움을 받은 신마맥은 금방 세를 불릴 수 있었고, 결국엔 교주를 배출한 반세맥과 어깨를 나란히 할 정도가 되었다.

진성은 신마맥을 키우면서 다른 오대마맥을 장악하는 것도 잊지 않았다.

회유할 수 있는 자는 회유하고, 완강하게 버티는 자는 쳐버린다. 때로는 가족들을 인질로 삼기도 했다. 비록 천하의 악인이라 할지라도 제 가족은 버리지 못했다.

또한 교주인 대마종과 그의 측근들이 항시 중원에 나가 대전을 치르는 탓에 마교를 장악하는 일도 생각보다 어렵지 않았다.

그렇게 마교에 회의 그림자도 짙게 드리워졌다.

거의 육 할에 가까운 이들을 포섭한 뒤, 진성은 회로부터 한 가지 전언을 받았다.

"소교주를 포섭하라? 웃기는 일이지."

진성은 안으로는 마교를 회의 손아귀에 고스란히 밀어 넣으면서, 겉으로는 소교주 비연과 함께 마교제일의 후기지수로서 활동했다.

그가 비연을 대하는 마음엔 절대 거짓이 없었다.

적에게는 한없이 잔인해도 자신의 사람들에게는 너무나 따뜻한 사람. 그런 비연의 성정이 마음에 들었기 때문이다.

하지만 진성이 알고 있는 비연은 결코 회유나 협박에 넘어갈 사람이 아니었다.

그래서……

"저질러 버렸지."

저 낭떠러지 아래로 밀어버린 것이다.

회는 소교주를 회유할 수 없으면 죽이라고 하였지만, 진성은 그 명에 따르지 않았다.

한 번쯤 이래라저래라 명만 내리는 회주에게 한 방을 먹이고 싶은 의도도 있었지만, 이렇게 마음에 든 친구를 쉽게 죽이고 싶지 않은 마음이 더 컸다.

약간 복잡하긴 해도 함정을 만들어 비연을 그곳으로 몰아넣었다.

대마종을 해하는 일은 어렵지 않았다. 어렸을 때부터 회에서 무공을 익힌 진성의 실력은 이미 하늘에 다다랐으니까. 육제는 물론 사패가 와도 절대 무섭지 않은 이가 바로 진성이었다.

진성은 대마종의 가슴에 단검을 꽂은 뒤 피를 흘리며 쓰러진 교주가 있는 천원당으로 비연을 초대했다.

이때에 중인은 다른 오대수의 도움을 빌었다.

삼대에 걸쳐서 교주를 배출한 반세맥에 대한 다른 마맥들의 반발심을 은연중에 이용한 것이다.

그 뒤로는 일사천리였다.

교주를 해하려 든 소교주의 목을 베어야 한다는 의견도 있었지만, 진성은 그래도 한때 소교주였다는 점, 정마대전에서 무수히 많은 전공을 쌓았다는 점, 그리고 무엇보다 아직 대마종이 죽지 않았다는 점을 이유로 들어 비연의 형벌을 최대한 약화시켰다.

그래 봤자 두 눈이 멀고 백팔십 개 요혈에 비혈구를 박은 채로 무공까지 폐해지는 형벌을 받았지만, 진성은 그것으로 충분히 만족했다.

"비연, 너는 바닥으로 떨어져도 다시 일어날 놈이니까 말이지."

진성은 차갑게 웃었다.

회를 제외하면 강호에서 자신보다 뛰어난 자는 없다고 생각했다. 아니, 회 내에서도 회주를 제외하고는 자신이 최고라고 생각했다.

그렇기에 고독했다. 또한 외로웠다.

"올라와라, 마음껏. 정상에서 기다리마."

이미 마교 전권의 칠 할은 신마맹의 손아귀에 들어왔다.

혼수상태에 빠진 교주 따위, 소교주 자리가 공석이어도 이미 교 내의 분위기는 진성이 차기 교주로 내정된 것이나 다름없었다.

진성이 그런 생각을 하며 빙그레 미소를 짓고 있을 때, 그의 옆으로 공간이 일렁였다.

슉!

"주군을 뵈옵니다."

그림자는 다름 아닌 마영이었다.

차기 교주로 내정된 소교주를 호위하는 마영대의 대주이자 호교전의 전주이기도 한 마영. 하지만 진성이 교에 투신한 이후 가장 먼저 포섭한 인물이기도 했다.

마영은 진성의 마력에 이끌려 당시 주인이었던 비연을 두고 진성을 주군으로 섬겼다. 진성이 가지고 있는 웅기는 그만큼 대단했다.

"무슨 일이지?"

"회에서 명이 내려왔습니다."

"회에서?"

"예. 여기에 있습니다."

진성은 마영이 건네는 서찰을 받아 펼쳤다.

마교를 움직여라. 칠년지약(七年之約)을 파기하고 제천궁을 공격해라. 그다음 지령은 중원으로 왔을 때 내리겠다.

그저 단순한 지령서에 지나지 않았다.

회주의 것으로 짐작되는 직인도 찍혀 있지 않았다. 하지만 진성은 그것이 회주가 직접 내린 서신임을 단숨에 간파했다.

"마교 장악도 아직 끝나지 않았는데 벌써 마교를 움직여라?"

"그렇습니다. 이미 칠 할은 장악하고 있으니 다수의 여론으로 움직이라는 회주의 명이십니다."

"흠… 한마디로 숨겨두었던 이 패를 의미하는 것이렷다. 이 서신을 가져온 사람이 누구냐?"

"삼공녀(三公女)이십니다."

"홋, 역시나. 하아(霞兒)에게 전해. 회주의 명을 따르겠다고."

"존명."

마영은 그림자에 녹아 사라졌다.

진성은 손으로 턱을 쓰다듬으며 작게 중얼거렸다.

"하아, 그 아이는 항상 세상이 좁다 하며 돌아다닌단 말이지. 여자면 여자답게 조신하게 회에 틀어박혀서 회주의 수발이나 들 것을."

진성은 창밖으로 시선을 돌리며 중얼거렸다.

"비연, 너는 그곳에서 대마인과 잘 지내고 있나? 듣기로 제일마의 성정은 개차반이라고 하더군. 자네가 잘 버티고 있을지 정말 궁금하다네."

*　　　　*　　　　*

시고는 약지로 귓구멍을 쑤셨다.

"요즘 들어서 누가 노부의 험담을 하는 것 같단 말이지."

"나 말고 시고를 아는 사람이 누가 있단 말이오? 아마 시고를 알고 있거나 시고가 알던 사람들 모두가 이미 저세상에서 염왕과 대면하고 있을 것이오."

"아니야. 그건 또 몰라. 노부가 살 당시만 해도 노부와 견주어도 부족하지 않을 녀석이 셋이나 있었으니까."

"시고와 비슷한 경지에 이른 사람이 셋이나 된단 말이오?"

비연은 눈동자를 동그랗게 떴다. 시고와 비슷한 경지? 비연이 현재 딛고 있는 절정이라는 경지도 한 사람이 평생을 바쳐도 다다르기가 힘든 곳이다.

절정고수의 숫자를 모두 꼽아보라고 해도 강호 전체에 삼백을 넘기지 못할 것이다.

초절정은 쉰을, 절대위는 결코 열을 넘지 못한다.

시고는 그런 절대위의 경지마저 뛰어넘은 자다.

그런 인간 같지 않은 시고와 비슷한 경지에 이른 사람이 있다? 한 사람은 시고와 영원한 숙적인 일신일 것이고, 그럼 다른 둘은⋯⋯?

"일신 녀석과 괴검(魁劍), 그리고 내 사부다."

"괴검이 시고에게 육박할 정도란 말이오?"

괴검은 천중팔좌 중 이괴에 해당하는 인물 중 한 명이었다. 그가 펼치는 검은 산악을 떨칠 정도였다고 하나, 일신과 제일마에 밀려 늘 삼인자로 분류되어 왔다.

"괴검이 제대로 된 실력을 보인 것은 몇 년 되지 않으니까 기억하고 있는 사람도 드물지. 그리고 그놈 성정이 좀 지랄맞아야지."

'시고가 지랄맞다고 표현할 정도면 어느 정도인지 상상도 하기 힘들구려.'

"그렇소? 한데, 시고에게도 사부가 있었소?"

시고는 아미를 찌푸렸다.

"네 녀석, 그게 무슨 뜻이냐?"

"아무 뜻 없소. 그저 시고 같은 유아독존의 사람을 만든 사람이 있다는 것이 신기해서 하는 말일 뿐이오."

"노부가 제아무리 천하제일의 천재라고는 하나 홀로 이 경지에 이르는 것은 불가능하다. 당연히 노부에게도 사부가 있다. 죽었는지 살았는지 모르지만."

"많이 보고 싶은가 보오."

"헛소리 마라! 내 어린 시절에 그 노인네에게 당한 것을 생각만 하면……!"

정말 치가 떨리는 것인지 시고는 말을 하면서 이를 바득바득 갈았다. 비연의 입가에 쓴웃음이 걸렸다.

'시고와 똑같은 성격이었나 보오.'

"아무튼 시고와 비교해도 부족하지 않을 사람들이니 살아있다고 해도 이상하지 않을 것이란 뜻이오?"

"그래. 그 셋이라면 아직 살아 있을지도 모른다. 사부란 작자는 더더욱. 날 가르칠 당시에도 이미 세수 백을 넘겼는데도 겉으로 보기엔 이십대였지. 완전히 사기였어."

비연의 쓴웃음이 더욱 짙어졌다.

"불함산(不咸山)이나 천지회(天地會)의 녀석들이라면 비교할 수 있을까. 하긴, 그놈들은 인세와는 전혀 상관없으니 신경 쓰지 않아도 되겠지만."

"불함산? 새외 해동에 있는 백두를 말하는 것이오? 정녕 전설대로 백두에 시고와 같은 자들이 산단 말이오?"

"신경 쓰지 마라. 어차피 너희들과는 전혀 상관없는 곳이니. 여하튼 밖에 나가서 빌어먹을 사부를 만나게 되면 내 안부나 전해다오."

비연은 쓴웃음을 지었다.

"밖에 나가게 되거든 이야기해 주시오."

"보아하니 곧 나가게 되겠구먼."

"시고를 이길 정도는 되어야 하지 않겠소?"

"얼쑤? 평생 이곳에 있으려고? 낄낄, 아서라. 나는 네놈같이 징그러운 놈을 계속 이곳에 두고 싶은 마음 따윈 전혀 없다. 그리고 전날의 무위나 다 되찾고 나서 이야기해!"

"장강의 물결은 앞을 따라잡기 마련이고, 세상은 항시 옛사람 대신 젊은 사람이 이끌기 마련이오[長江後浪推前浪 一代新人換舊人]. 언제까지 시고가 세상의 제일이 될 거라 생각하시오?"

"허어, 입은 잘도 살았구나. 좋다. 실력도 그만큼 있는지 한번 보자꾸나."

쉭!

시고의 몸이 공간에 녹아들었다. 그의 신형은 보이지 않았
지만 비연은 자연스럽게 퇴보를 내디디며 일권을 내질렀다.

꽝!

권격과 권격이 맞물리며 충격파를 일궈낸다.

시고는 한 손으로 머리를 쓰다듬으며 씨익 웃었다.

"꽤 강해졌구나?"

"'꽤'가 아니오. '훨씬'이오. 좀 더 힘을 내보시오."

"좋다. 일단 오성부터 막아보아라!"

비연은 발을 들어 올려 그대로 돌렸다. 속도는 빨랐다. 빠
른 만큼 거칠고 또한 날카로웠다.

시고는 팔뚝으로 발을 휘감으며 안쪽으로 성큼 다가섰다.
어깨를 곧추세워 그대로 몸을 돌진시켰다. 격고(擊敲)의 수였
다.

비연은 부운약영(浮雲躍影)의 수로 퇴보를 밟았다. 시고와
의 거리가 제법 많이 났다고 판단 내려졌을 때, 비로소 쇠사
슬을 사용할 수 있었다.

철그럭.

추혼공의 추혼격은 닿는 것을 그대로 으스러뜨릴 정도의
괴력을 자랑한다.

하지만 시고에게는 그와 비슷한, 아니, 그 이상의 파괴력이
있었다.

화르르륵!

열양장을 주먹에 휘감자, 권정—주먹 끝—에서 불꽃이 일어났다. 시고는 쇠사슬 끝에다가 권정을 그대로 박아 넣었다.

쾅!

대표적인 내가중수법인 경력(勁力)이 휘몰아치는 전장은 항시 시끄럽고 파괴적이다.

하지만 이런 괴력은 항시 더 뛰어난 힘을 자랑하는 자에게 승리가 돌아가는 법이다.

비연은 뒤로 튕긴 쇠사슬을 다시 거둬들이며 땅을 박찼다. 허공에서 다시 한 번 쇠사슬을 밟고 뛰어오르자, 거의 천장 끝에 다다를 정도로 높은 위치에 있을 수 있었다.

휘이이잉!

거친 바람이 불었다.

비연은 가만히 화륜심결을 운기했다. 뜨거운 화기가 전신의 활력을 돋웠다. 그에 따라 쇠사슬은 꽤나 많은 양의 공력을 머금었다.

콰아아아!

쇠사슬에서 후끈한 열기가 일었다.

만년한철의 차가움마저 능가하는 그런 열기였다..

촤르르륵!

쇠사슬은 유성추처럼 시고에게 날아들었다. 직격타였다.

"제법이로군!"

이전에도 이와 비슷한 공격이 있었다. 하지만 이처럼 간결하고 빠르게, 또한 제삼자의 입장에서 볼 수 있는 통찰력을 가지진 못했다.

"육 할이다."

시고는 며칠 사이에 부쩍 성장한 비연에게 흡족해하면서 육성의 공력을 끌어올렸다. 강한 패기가 느껴졌다.

신혈천마기(神血天魔氣)의 진정한 권능은 이제부터가 시작이었다.

시고는 용천혈에 기운을 집중해 강하게 발을 굴렀다. 허공답보. 빈 공간 위를 계단 오르듯이 높이 뛰어오르자, 어느새 그의 몸은 비연의 머리맡에 있었다.

시고는 오른손에는 양기를, 왼손에는 음기를 모아 그대로 맞부딪쳤다. 마교가 자랑하는 수라음양수였다.

펑!

비연은 단순한 방어로는 한계가 있을 듯하여 공격을 감행했다. 쇠사슬이 하늘을 질주했다. 촤악, 하는 소리와 함께 쇠사슬 끝과 수라음양수가 격돌했다.

커다란 반발력과 함께 쇠사슬이 뒤로 밀려났다.

큰 무게는 그만큼의 커다란 관성을 가지는 법이다. 비연은 뒤로 팅기는 쇠사슬을 바로 잡지 못했다. 기운을 실어 가까스로 끝을 되돌리려 했지만, 시고의 공격은 거기서 끝이 아니었다.

"육 할까지 잘 막아내는구나. 하지만 이제는 끝이다."

시고의 눈동자가 붉은색을 띠었다. 칠 할의 공력이다. 사패라면 모르되 육제라면 절대 승부를 장담할 수 없는 공력이었다.

"누구 마음대로 끝이란 말이오!"

비연은 쇠사슬을 방패 삼아 시고의 공격을 막은 후에 재반격을 노리려던 계획을 전면 재수정했다.

'이대로 시고의 음양수에 휘말리게 되면 나의 패배다.'

그래서 택한 것은,

'삼십육계 줄행랑!'

비연은 쇠사슬의 밑동을 밟아 다른 방향으로 도망쳤다. 시고의 수라음양수는 빈 허공만을 때린 셈이었다.

"이놈아! 어느 놈이 전장에서 그렇게 꽁무니가 빠져라 도망을 친단 말이냐?!"

"전장에서는 살아남는 자가 강한 것이오! 괜히 오기 부리다가 죽는 것보다는 더 낫지 않소!"

아직 절혼령을 오성밖에 다다르지 못한 비연이기에 절대 위의 고수들이나 해낼 수 있는 허공답보는 아직 무리였다. 하지만 그와 비슷한 것은 가능했다.

쇠사슬을 계속 앞으로 쭉쭉 뻗어 그것을 밟고 뛰어오르는 것이다.

시고는 멍한 표정을 짓다가 이내 버럭 소리를 질렀다.

"이놈이!"

촤아아악!

시고는 한 손 가득 열양장을 쥐었다.

"좋다, 네놈이 언제까지 도망칠 수 있는지 보자꾸나!"

시고는 허공을 강하게 때렸다. 열양장은 마치 공간에 스며드는 것처럼 강한 충격파와 함께 사그라졌다.

펑!

충격파는 비연이 디디고 있는 장소 근처에서 터졌다. 격공의 수. 공간을 넘어 충격파를 전달하는 상승 내가 공부의 묘리였다.

휘이이잉.

쇠사슬이 다시 한 번 날아들자 시고는 손을 가볍게 튕겼다.

퍽!

쇠사슬은 애꿎은 땅을 때렸다. 부서진 돌 조각이 위로 솟았다. 비연은 벽을 박차 아래로 몸을 날리면서 튀어 오른 돌 조각을 다시 한 번 밟아 높이 뛰었다.

"또 무슨 짓을 하려고?"

시고는 강한 호기심을 드러내며 다시 격공의 수를 펼쳤다.

비연은 쇠사슬을 위쪽으로 던졌다.

다시 한 번 충격파가 일었다. 비연은 그것을 그대로 타넘으며 어느새 시고보다 더 높은 위치에 섰다.

우우우웅!

가슴속에 도는 무수히 많은 륜들이 일제히 공명을 토해냈다. 화륜을 세차게 돌리며 양손에 화기를 가득 담았다.

비연은 그것을 앞으로 쭉 내밀었다.

쌍염포(雙炎砲). 열양장을 이용한 무공 중 가장 큰 파괴력을 자랑하는 무공이었다.

시고는 씨익 웃었다.

"실력이 꽤나 많이 늘었구나!"

비연의 양손은 마치 입에서 불길을 토해내는 화룡같이 보였다. 화염의 기둥이 그대로 시고에게 내리꽂혔다.

시고도 수라음양수 중 양기 구결을 외워 한 손에 화염을 감았다. 이번에도 예의 격공의 수를 빌었다.

콰아아앙!

폭발과 함께 열풍이 거칠게 불었다.

힘을 모두 소진한 비연은 힘없이 땅 쪽으로 떨어졌다.

시고는 '네놈이 아무리 강해져도 날 이기려면 아직 한참 멀었다'고 의기양양한 표정을 짓고 있었다. 하지만 열풍이 스쳐 지나가는 것은 그도 예외는 아니었다.

"아뜨뜨뜨!"

수염에 붙은 불길에 시고는 욕설을 내뱉었다.

"아아악! 내 수염!"

"큭."

"웃지 마!"

"큭큭."

"웃지 말라고 하였다!"

"쿡쿡쿡."

"노부의 말이 말처럼 들리지 않는 게냐!"

"쿠쿠쿠쿡."

"이놈이 그래도!"

비연은 결국 웃음을 참지 못했다.

"하핫! 대체 그게 무슨 꼴이란 말이오?"

시고의 몰골은 말이 아니었다. 후폭풍에 실린 열기 때문에 그동안 성성이처럼 시고의 몸을 감싸고 있던 털이 몽땅 홀러 덩 다 타버렸다.

이미 만독불침과 함께 수화불침에 올라 시고가 뜨거움을 잊은 지는 꽤나 오래되었지만, 그래도 털이 홀라당 타버리는 느낌이 좋을 리가 만무했다.

"이참에 신수가 훤해지셨소. 그냥 그대로 다니시는 게 어떠시오?"

"그런 소리 하지 마라! 털은 나를 상징하는 것이거늘!"

"하지만 그 상징물이 모두 타버리지 않았소? 그리고 말이 좋아 상징이지, 사실 그동안 머리카락 관리하기 귀찮아서 털이 배배 꼬였던 것뿐이지 않소."

"시끄럽다! 네놈 때문에 이리되었으니 물어내란 말이다!"

"그러게 누가 그곳에 있으라 하였소? 하하핫!"

"에잉! 오늘 네놈 때문에 되는 게 없구나. 그저 좀 강해졌다고 늙은이를 놀리지를 않나, 몇십 년 동안 소중하게 길러온 털을 태우질 않나."

비연은 빙그레 미소를 지었다.

"그래도 이번 싸움으로 말미암아 많은 것을 얻을 수 있었소."

"절혼령에 또 성취가 있었던 것이냐?"

비연은 고개를 끄덕였다. 아직 오성의 벽을 뛰어넘은 것은 아니었지만, 벽을 부술 수 있는 실마리는 얻을 수 있었다.

비연은 머릿속으로 시고와의 싸움을 되짚어보았다.

약간의 실수라도 있었더라면 목숨을 부지하기 힘들었을 싸움. 시고와의 대련은 절대 비무가 아니었다. 목숨을 건 사투였다.

하지만 이를 통해서야 비로소 그가 가진 힘의 깊이와 아직 부족한 점을 깨달을 수 있었다.

'아직 나는 약하다.'

실력을 되짚고 나서 스스로 깨달은 한마디였다.

분명 차근차근히 단계를 밟아서 사도수 시절에 근접했다지만 아직 많이 부족했다.

성란육제(星亂六帝)의 벽을 넘기는 힘들었고, 고천사패(高

天四覇)는 너무나 까마득해 보였다.

이제야 신주삼십이객과 어깨를 나란히 했을 정도이니.

'뭔가가 부족해, 뭔가가……'

아직 절혼령의 성취가 미숙하고 화륜심결이 완성되지 않았다고 하더라도 그가 가진 깨달음의 깊이는 시고도 인정할 정도였다.

분명 몸에 이는 투기도 절대 약하지 않았다. 하지만 뭔가가 공허했다. 마치 베를 짜는 틀 사이에 나무판자 하나가 없는 듯한 느낌.

시고가 비연의 상념을 방해했다.

"낄낄, 뭔가가 부족하다고 여겨지지?"

"그것을… 어떻게……?"

머릿속이라도 헤집은 듯하다. 한 번씩 이렇게 정곡을 찌를 때면 정말로 시고가 그의 머릿속으로 들어왔다가 나간 듯했다.

"낄낄, 너는 분명 강해졌다. 한 번 밟았던 길이라고 하지만 모든 무공을 잃었던 네놈이 이 짧은 시간 안에 이만큼이나 강해진 것은 분명 대단한 일이다."

"하지만 시고의 칠 할 공력을 이길 순 없었소."

시고는 아미를 살짝 찌푸렸다.

"과거의 사양 놈들이 살아 돌아와도 지금의 노부 팔 할 공력을 넘지 못한다. 너는 노부의 칠 할 공력에 맞서 몇 초나마 동수를 이루었어. 불과 며칠 전에 네놈이 한 방에 기절했던 것을 떠올려 보아라."

비연은 고개를 끄덕였다.

"네놈은 분명 소름 끼칠 정도로 무서운 속도로 강해지고 있다. 하지만 아직 그것으로는 부족해. 아무리 그렇게 강해져 봤자 밖에 나가면 절대고수에게 단박에 깨진다."

"그만큼 성취를 갈고닦으면……."

"설마 절대위가 주먹구구식으로 얻어낸 경지라고 말하진 않 겠지? 지금의 네가 아무리 강해져도 절대위는 절대 이기지 못 한다. 실력은 비등해도 하나가 한참 부족하기 때문이야."

절대위의 벽.

분명 그것을 넘지 않아도 지금의 비연은 강하다.

더욱 정진한다면 사도수 시절의 실력을 뛰어넘어 신주삼 십이객 첫 자락에는 다다를 수 있을 것이다.

하지만 그것으로는 복수를 해내지 못한다.

'진성은, 아니, 그 뒤의 녀석들은 더욱 강하다.'

진성과 손속을 나누었고, 또한 그의 뒤에 선 자들을 보았기 에 잘 안다.

진성이 소속된 곳에는 성란육제와 비교해도 절대 지지 않 는 고수들이 즐비하다. 어디서 그 많은 절대자들을 만들어냈 는지는 몰라도 그들을 꺾으려면 최소한 절대위의 벽은 넘어 야 했다.

하지만 신주삼십이객과 성란육제 사이의 벽은 크다.

신주삼십이객도 한 대문파의 장문인과 맞먹을 정도의 실력을 가지고 있지만, 절대위라는 벽은 그것을 단숨에 허물어 버릴 정도다.

성란육제 고수 중 한 명만이 나서도 신주객 중 일곱을 상대할 수 있을 정도이니.

비연의 눈동자가 수없이 떨렸다.

정녕 절대위의 벽은 넘지 못하는 것일까.

"낄낄낄."

시고의 특유의 웃음소리가 오늘따라 유독 거슬렸다. 성성이같이 생긴 옛날이었다면 성성이 울음소리 정도로 치부하면 되었지만, 지금은 음흉하게 생긴 괴인의 음침한 웃음소리로밖엔 들리지 않았다.

"내게 부족한 것이… 무엇이오?"

"답은 간단해. 무기야."

"무기……?"

"그래, 병기 말이다. 너에게는 병기가 없어."

비연의 눈동자가 조금씩 흔들리기 시작했다.

"애병(愛兵)이 없는 무인은 두 쪽 팔이 없는 병신과 다를 바가 없다는 것을 잊은 게냐?

"……!"

두근.

두근.

비연은 뛰는 심장을 억누르며 가까스로 입을 열었다.

"애병… 말이오?"

"그래. 너에게는 병기가 필요하다."

"하지만 나에겐 이 쇠사슬이 있지 않…….."

"그 쇠사슬이 너의 애병이냐?"

"……."

"듣기로 너는 구류화마도를 익혔다고 했다. 평생 도를 익힌 놈이 그런 기병을 사용할 수 있다고 생각하느냐?"

시고는 말을 이었다.

"본래 너와 나의 싸움은 그렇게 끝나서는 안 되었다. 보다 말끔해야 했다. 그럼에도 네가 궁지에까지 몰렸던 것은 병기에 익숙하지 않아서다."

비연은 고개를 끄덕였다.

내심 스스로도 느끼고 있었다. 보다 익숙한 병기를 쥐었더라면, 보다 짧은 병기가 있었더라면. 격(擊)이 아닌 참(斬)의 병기가 필요하다는 것을 은연중에 느끼고 있었다.

하지만 아직 때가 아니라며 잠시 손에서 놓았었다.

"도(刀)라……."

"너는 앞으로 도를 취해야 한다. 세상에 단 하나뿐인 병기를 만들어야 한다, 네게 딱 맞는."

비연은 고개를 끄덕였다.

"그리고 한 가지 더."

"……?"

시고는 책자 하나를 던졌다.

툭.

꽤나 오래된 듯 색이 많이 누렇게 뜬 책자였다. 근래 들어 절혼령의 성취가 깊어지면서 심안으로 글씨 판독까지 가능하게 되었기에 책의 글씨를 읽는 데는 전혀 무리가 없었다.

신혈천마기(神血天魔氣).

"일신 놈과 자웅을 겨룰 때에 사용하던 노부의 진신절학이다."

"……!"

"네놈의 무학은 양기와 마도다. 그런데 네놈이 창안한 화륜심결에서 양기는 가득하지만 마기는 찾기 힘들어. 그것 또한 네 앞에 놓인 절대위의 벽을 뛰어넘지 못하게 만드는 원흉 중 하나이니 이것을 익혀라."

비연은 '신혈천마기'라고 적힌 책자를 주워 들었다.

첫 장을 열자 마공과 삼라만상의 이치를 아우르는 신공이 기록되어 있었다.

"낄낄, 왜 그러느냐? 그렇게 심장이 벌렁벌렁 뛰느냐? 하긴, 무인에게 있어 신공절학이란 천금을 주어도 못 바꿀 귀중한 보물이니까."

시고는 비연이 감동에 젖어 울먹이는 모습을 기대했다. 이 정도까지 대해주었는데 제 놈이 사부로 모시지 않고 배기겠냐는 생각이었다.

하지만 돌아오는 물음은 달랐다.

"나에게 이리 잘해주는 저의가 무엇이오?"

"뭐?"

"나를 이리 잘 대해주는 이유가 무엇이냔 말이오. 본래 우린 계약으로 시작된 관계가 아니었소? 당신은 계약을 하는 자, 나는 계약을 이수하는 자. 결국 돌아서면 남이 아니오. 어쩌면 시고를 배신할지도 모르는데……."

"그런 것 따윈 신경 쓰지 않는다."

"……?"

"이리저리 재지 않는 것뿐이란 뜻이다. 병신이었던 네놈에게 계약을 명목으로 절혼령을 입히긴 했어도, 그건 그저 내가 하고 싶어서 해준 것일 뿐이었다. 지금도 마찬가지야. 내가 하고 싶으니까 해주는 거다. 배신? 남? 난 그런 거 몰라. 그냥 내키니까 하는 거야."

"……!"

하고 싶어서 한다. 마음이 시키는 대로 한다.

무인이 살아가는 데 있어서 가장 중요한 마음가짐이다. 이익을 재지 않고 가슴이 끌리는 대로 한다는 것. 그것이 무인의 본질이자 마인의 이상이다.

'나는 아직도 멀었구나.'

비연은 고개를 푹 숙였다. 괴짜 같은 면모를 보여주지만 역시나 시고는 마인이었다. 그것도 대마인. 자신으로서는 언제 따라잡을 수 있을지도 모르는.

이제 더 이상 남에게 마음의 문을 여는 것이 무섭다 하여 시고를 멀리했었는데…….

"허험, 그렇게 감격에 젖을 필요는 없지 않느냐? 그나저나 이렇게나 잘 대해주었는데 이제 슬슬 고집을 꺾을 때도 되지 않았느냐?"

비연은 자리에서 벌떡 일어나 절을 올리기 시작했다.

일배, 이배, 삼배. 절의 횟수가 올라갈 때마다 시고의 미소가 진해졌다.

'낄낄! 그럼 그렇지! 네놈이 나를 사부로 모시지 않고서야 배기겠느냐!'

이제야 드디어 소원이 성취되었다는 기쁨에 흐흘거릴 때였다. 갑자기 비연의 절이 여덟 번째에서 멈췄다.

"엥?"

이놈이 횟수를 잘못 셌나 싶었지만, 비연은 애초부터 팔배만 올릴 생각이었다.

"구배는 올려드리지 못하오."

"뭐?"

"내 마음속의 사부는… 한 분뿐이오."

시고는 와락 인상을 구겼다.

"또 그놈의 사부 타령이냐?"

"내 사부는……."

"에잉, 됐다, 됐어. 나도 더 이상 못해먹겠다. 엎드려서 절 받기는 내 성미에 맞지 않아."

"……."

"그래도 팔배까지 올린 걸 봐서는 날 사부와 비슷하게 생각한다는 건 맞지?"

비연은 속을 짐작하기 힘든 미소를 지어 보였다. 시고는 '헹!' 하고 코웃음을 쳤다.

"도나 만들자."

시고는 털레털레 방 쪽으로 걸음을 옮겼다.

그 후로 비연과 시고는 병기 제작에 힘썼다.

모양은 환도. 고대 북방을 울렸다는 새외 민족의 병장기인 환두대도에서 개량된 형태였다.

길이는 삼 척을 조금 넘고 폭은 한 뼘 반 크기였다.

"환도에서 모양새가 많이 변하지 않았소? 태도(太刀)라고 해도 믿겠소."

"낄낄, 그래도 묵직한 만큼 파괴력은 대단할 것이다."

항상 그들이 있는 공동 내에는 뜨거운 열기가 가득했다.

만년한철을 녹이기 위해서 용광로를 데우는 까닭에 내부

는 늘 뜨거운 수증기로 숨이 막혔다.

비연은 그 속에서 풀무질을 계속하면서도 신혈천마기를
익히는 것을 게을리하지 않았다.

시고의 말대로 비연의 무학은 마와 양의 기운에 치중해 있
다.

하지만 화륜심결은 양기만을 가지고 있을 뿐, 마기에 대해
서는 취약했다.

승륜심결을 바탕으로 만들어진데다가, 천마호심공뿐만 아
니라 정종의 심법 구결들도 다수 섞여 있는 까닭이었다.

신혈천마기는 그런 화륜심결의 부족한 점을 메워놓았다.

역시 대마인 시고의 본신절학이라서 그럴까, 비기는 달라
도 뭔가가 달랐다.

항상 몸에는 활력이 돌았고, 절혼령의 성취도 더 깊어진 듯
한 느낌이었다.

더군다나 더욱 흡족한 것은 하루 흡수할 수 있는 양이 매우
저조한 동공의 약점을 메워준다는 점이었다.

'하루 종일 운기행공이 가능하다니… 무인들이라면 모두
꿈에서나 그릴 수 있는 절학이 아닌가.'

하루 십이 시진. 따로 운기행공을 하지 않아도 화륜심결이
항시 운기를 할 수 있게끔 신혈천마기가 바꾸어놓았다.

그에 따라 비혈구와 륜에 쌓이는 공력의 양도 하루가 다르
게 늘어나는 중이었다.

치이이익!

한 손 가득 모은 양기에 의해 만년한철로 만들어진 쇠사슬이 조금씩 녹아내리기 시작했다.

보통 쇳물로는 녹지 않는 터라 특별히 시고가 만들어낸 화정(火精)이 녹은 쇳물을 이용해야 했다. 빙정이 든 한철에 양기가 가득한 화정이 조금씩 스며들었다.

드드드득.

한철이 기괴한 모양으로 비틀리기 시작했다.

비연은 화륜심결을 극성으로 운기하며 기괴한 모양으로 변한 쇠를 물에서 꺼냈다. 그러고는 모루 위에 옮겨서 망치로 두들기기 시작했다.

깡! 깡! 깡! 깡!

시고의 도움 아래에 비연은 어렵지 않게 쇠를 두들길 수 있었다.

"동영에는 접쇠 방식이라고 해서 특이한 망치질이 유행이라 하더구나. 그렇게 하면 도신이 날카로워지고 단단하기도 일품이라더군."

비연은 철을 접고 두들기고, 또다시 접고 두들기고를 반복했다.

치이이익!

어느 정도 모양새가 갖추어졌다 싶으면 담금질로 열을 식히고 다시 불길에 녹였다. 그리고 다시 두들기기를 수차례 반복했다.

얼마나 시간이 흘렀는지 모른다.

먹고 자는 것을 잊고 계속 병기 제작에 집중했다.

뜨거운 열기는 한 번씩 숨을 턱턱 막히게 했다. 만년한철을 녹일 정도의 열기이니 정신을 놓지 않는 것만으로도 대단한 일이었다.

"철을 두들길 때는 혼신의 힘을 다해라. 너의 정을 쏟아 넣는다고 생각해라. 너의 사념이 깊게 배이면 배일수록 너에게 가장 잘 맞는 도가 탄생할 것이니."

무념무상.

마치 명상에 잠기듯이 비연은 혼연일체가 되어 망치를 내려쳤다.

깡!

비연의 머릿속으로 구류화마도가 스쳐 지나갔다.

마교의 소교주가 되면 반드시 익혀야 하는 절학.

칠류빙마검(七流氷魔劍)과 함께 교주 절학이라 불리는 두 무학 중에서 비연은 구류화마도를 택했다.

어린 시절부터 도를 익혔던 이유도 있지만, 무엇보다 구류화마도의 뜨거운 마기가 그의 혼을 당겼다.

상상 속에서의 비연은 날카로운 도를 휘두르고 있었다. 일도일살(一刀一殺). 군더더기가 없는 깔끔한 일도였다.

하지만 사도수 시절에 사용하던 구류화마도와는 많이 달

랐다.

손에서 오랫동안 도를 놓았기 때문일까? 아니다. 오히려 수양이 더 깊어져서 달라졌다.

그가 펼치는 도 하나하나에는 구류화마도 아홉 초식의 정수가 모두 녹아 있었다. 사도수 시절에 쉬이 다룰 수 없었던 마지막 초식도 지금은 쉽게 다룰 수 있었다.

하지만,

'과연 이것을 구류화마도라고 말할 수 있을까?'

절혼령과 화륜심결을 만들어냈을 때부터였던가, 모든 것이 달라진 것이.

더 이상 비연의 몸은 천마호심공을 받아들이지 않는다. 오로지 백팔십 개의 륜으로 돌아가는 화륜만이 있을 뿐이다.

'달라졌다면 새로 만들어야겠지.'

비연은 이참에 구류화마도를 새로 뜯어고칠 생각을 가졌다.

구류화마도는 마교의 정수. 화륜과는 맞지 않는다. 보다 빠르고 날카로우며, 또한 패도적인 도법이 필요했다.

'참고할 만한 것이… 수라쌍도? 아니다. 너무 약해. 반세도? 진가뢰도? 패기가 너무 짙어. 그리고 속도가 붙지 않는다. 팽가의 오호단문도는? 그도 아니면 무당의 태청도?'

비연은 화륜심결을 만들 때처럼 알고 있는 무학들을 모두 떠올렸다.

화륜을 만들 때는 심법만을 검토했다면, 지금은 도법은 물론 검법, 창법, 곤법 등 십팔반 병기 대부분을 떠올리고 있다는 점이었다.

하지만 그중에서 감히 구류화마도와 견줄 만한 것은 찾을 수 없었다. 그만큼 구류화마도는 완벽했고, 또한 있다고 하더라도 화륜심결에 맞지 않았다.

'그 완벽한 것을 화륜에 맞추려는 게 문제지.'

비연은 쓴웃음을 지으며 다른 것을 떠올렸다.

꼭 무쌍의 절학일 필요는 없다. 삼류 도법이라 할지라도 기본기가 탄탄한 것이 중요했다. 새로운 도법에 가장 중요한 것은 단단한 뼈대이니까.

'잠깐, 기본기라고⋯⋯?'

비연은 무언가를 떠올릴 수 있었다.

'회륜도(回輪刀)!'

회전과 호선을 중점으로 두는 소가장의 무학이다.

승륜심결과 같이 묶여 내려오던 것으로, 역시나 가장 중요한 뒷부분 비기가 소실되어 삼류 도법으로 전락하고 만 비운의 도법이기도 했다.

하지만 도법의 기본기를 갖추는 데는 탁월했다.

파괴적인 면이 없을 뿐이지, 구대문파에서 자랑하는 기본 도법들과 견주어도 절대 부족하지 않았다.

그것을 토대로 삼아 구류화마도를 재조립한다면?

승륜심결이 뛰어난 화륜이라는 신공으로 거듭났듯, 회륜

도도 그러지 말라는 법은 없었다.

'그동안 삼류라며 무시해 왔던 가문의 절기들이 이렇게 뛰어날 줄은 꿈에도 몰랐지.'

만약 소실되었다는 비기 부분만 제대로 갖추어져 있다면 소가장은 분명 승류심결과 회류도만으로도 당당히 오대세가와 어깨를 나란히 할 수 있었을 텐데.

'그 부족함을 내가 다시 채우겠다.'

비연은 회류도를 뼈대로 삼고서 낱낱이 분해한 구류화마도를 덧씌우기 시작했다.

화류심결과도 잘 맞아야 하기 때문에 회류도에서 크게 벗어나지 않는 쪽으로 만들었다.

깡! 깡! 깡! 깡!

철을 계속 두들길 때마다 신혈천마기는 점차 지쳐 가는 몸에 활력을 불어넣었다. 머릿속으로는 그만의 새로운 도법이 서서히 기틀을 완성해 나갔다.

"색깔이 변하기 시작했다. 다시 하얗게 될 때까지 계속 그런 식으로 두들겨라."

시린 눈처럼 새하얗던 한철이 조금씩 붉게 변하기 시작했다. 붉은색은 다시 칠흑같이 어두운 흑색으로 변하고, 흑색은 다시 검붉은 빛깔로 변했다.

깡! 깡! 깡! 깡!

또다시 얼마나 많은 시간이 흘렀는지 모른다.

시고는 무아지경에 빠진 비연의 입에 죽을 넣어주고, 배설물을 치워주기도 했다.

잠이 별로 없는 시고가 다섯 번은 잠들었을 시간이니, 족히 바깥 시간으로 따지자면 열닷새는 지났을 터이다.

"내가 무슨 애새끼 병수발 드는 것도 아니고. 빨리 정신 차려라, 이놈아!"

시고가 버럭 소리를 지를 때쯤, 경쾌한 소리가 울려 퍼졌다.

까아아앙!

"오오, 드디어 완성되어 가는 것이냐?"

쇠는 다시 처음처럼 순백색으로 돌아왔다.

하지만 그것은 이전의 만년한철과 많이 달랐다.

화정의 열기와 비연의 사념이 빙정과 뒤섞였다. 천금을 주어도 바꾸지 못할 세상에 단 하나뿐인 보철이었다.

"이제 슬슬 나도 도갑과 도파를 만들어야겠지?"

시고는 환도의 크기와 길이를 재고서 남은 만년한철로 껍데기 제작에 착수했다.

화르르륵!

이제 비연의 환도 제작도 그 끝을 향해 달려갔다.

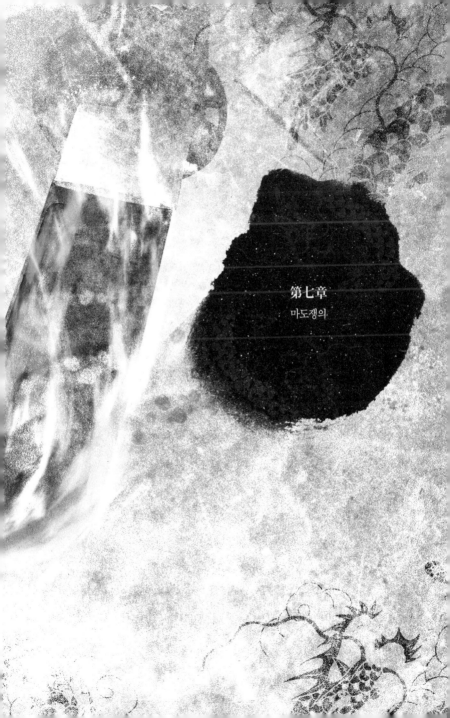

第七章

마도쟁의

神刀無雙
신도무쌍

비연의 관조는 이제 다른 방향으로 흘러들었다.

수많은 상념이 떠오르고 다시 졌다.

그러던 와중에 비연은 저도 모르게 가슴 저 한편에 묻어두었던 옛날 기억을 하나 떠올릴 수 있었다.

어린 시절, 사부를 만나기 전에 비연은 아주 소심한 성격의 조용한 아이였다.

가난하지도, 풍족하지도 않은 보통 집안에서 태어나 아버지와 어머니의 사랑을 듬뿍 받으면서 살았다.

절강소가(浙江蘇家).

사람들은 비연의 가문을 그렇게 불렀다.

소가장(蘇家莊).

가족들은 가문을 그리 불렀다.

지금은 가물가물하지만 그가 살았던 소가장엔 제법 많은 식구들이 살았다.

할아버지, 할머니, 부모님과 비연, 숙부와 백부, 아직 시집을 가지 않은 고모들까지 다양했다.

열댓 명은 훌쩍 넘는 대식구 중에서 그와 비슷한 또래의 아이는 모두 다섯 명이었다. 비연까지 도합 여섯. 주위 사람들이 그들을 소가육아(蘇家六兒)라 부를 정도로 그들은 항상 같이 다녔다.

소심한 비연도 그들에게만큼은 마음을 열었었다.

절강은 아름답다.

남쪽 대지의 풍족한 곡식과 시원한 바닷바람.

바람을 맞대고 있는 소가장 마당에 있을 때면 그렇게 좋을 수가 없었다.

소가육아는 항상 하늘과 다른 푸름을 간직하고 있는 바다를 보며 말했다.

"난 언젠가는 저 바다를 건너고 말 테야."

한 아이가 말할 때면 모두의 시선이 그 아이에게로 향했다. 그리고 묻는다.

"왜?"

"난 바다가 좋아."

"칫, 그런 대답을 누가 못해?"

"그래도 난 바다가 좋은걸. 너희들은 그런 생각 해본 적 없어? 저 바다 너머엔 뭐가 있을지. 나는 항상 궁금해. 바다 너머엔 뭐가 있을까? 중원과는 다른 새로운 땅? 아니면 괴물들의 세계? 저승? 그것도 아니면 세계의 끝? 그 어느 곳이라도 상관없어. 난 언젠간 저 바다를 건너 새로운 세계에 도착하고 말 테야."

"이 바보야, 동해 너머엔 조선(朝鮮)이라는 나라와 동영(東營)이라는 난쟁이들이 사는 섬이 있다고."

소년은 고개를 저었다.

"내가 말하는 건 전설의 예맥(濊貊)들이 살았다는 해동(海東)이 아니야. 거기보다 더 멀리… 더 동쪽으로 가보고 싶어."

"거긴 낭떠러지가 아닐까? 할아버지가 말씀하셨는데, 조선 너머로 건너가면 세상의 절벽이 나타나서 거기 아래로 떨어지면 저승 세계가 나온대."

"그럼 저승 세계에 가지, 뭐."

"에이, 난 죽기 싫다."

사촌들은 모두 소년의 꿈을 부정했다.

가보지 못한 곳, 닿지 못한 곳에 대한 막연한 두려움은 모두가 가지고 있는 공통점이었다.

"두고 봐! 난 반드시 가고 말 테니까!"

꿈을 부정당한다는 것은 가슴 아픈 일이다. 소년은 주먹을 쥐며 자신의 꿈을 더욱 관철시켰다.

"난 네 꿈이 부러운걸."

"어?"

사촌 중에서 유일하게 한 남자애가 동의를 표했다. 소년의 인상이 활짝 펴졌다.

"나도 같이 가면 안 돼?"

"좋아, 비연! 너는 내가 특별히 조수로 삼아서 데려가 주겠어! 거기에 깃발을 꽂아서 우리의 왕국을 세우는 거야!"

동의를 한 남자애는 비연이었다.

비연은 소년의 말에 좋아 폴짝 뛰었다.

"정말? 와아아아! 신난다!"

"야, 그런 재밌는 일을 할 거면 나도 끼워줘!"

한 여아도 같이 동참했다.

"좋아, 소하는 왼팔로 삼아줄게. 오른팔은 비연이야."

"쿡, 재밌는데?"

"와아아아! 난 오른팔이다! 히히히."

"우리 셋이서 저 바다를 건너는 거야! 알겠지? 나중에 가서 무르기 없다?"

"너나 무르지 마셔."

소년, 비연, 소하. 세 남녀의 다짐이 하나가 되어 가슴에 묻힌다. 다른 세 아이는 그들을 보며 혀를 찼지만 단순히 귀찮다는 마음에 지나지 않은 행동이었다. 저들 셋이 간다면 그들 셋도 같이 따라갈 것이기에.

소가육아는 절대 헤어지지 않는다. 항상 같이 있는다. 그들은 가족, 혹은 친척이기 전에 친구다. 절대 갈라지지 않을 벗…….

하지만 빌어먹을 운명은 절대 떨어지지 않을 것 같던 그들을 갈가리 찢어놓았다.

상념은 다시 다른 곳을 비추었다.

"이얍! 이얍!"

어린 비연은 목도를 쥐고 있었다.

일 보를 내디디며 일도를 내리고, 다시 일 보를 내디디며 일도를 내리기를 수차례. 무공에 있어서 가장 중요한 것은 기본기다. 하지만 아홉 살짜리 소년 소비연은 그 기초 다지기에 너무 열중하는 듯했다.

"이얍! 이얍!"

몇 번을 반복했는지 모른다. 다만 쓰러질 때까지 목도를 휘두를 뿐이었다.

대충 셈해도 족히 몇천 번은 휘둘렀다.

아이로서는 가지기 힘든 근성과 고집인 셈이다.

하지만 소심해서 소가육아밖에는 친구가 없던 그에게 가

장 친한 벗은 목도였다.

"비연아, 여기서 뭐 해?"

때마침 근처를 지나가고 있던 한 여아가 다가왔다.

소하. 비연에게는 사촌이 되는 아이였다.

"수련하고 있어……."

"힘들지 않아?"

비연은 고개를 절레절레 흔들었다.

"괜찮아."

"칫, 나랑 말할 때는 수련은 그만하고 내게 집중하면 안 돼?"

"미안."

비연은 그제야 수련을 멈추었다. 소하는 방긋 미소를 지었다.

"그러지 말고 우리 집에 가서 놀자. 여기는 너무 덥다고."

"나는 여기가 좋은데……."

시원한 바닷바람. 갈매기가 하늘을 나는 곳. 바다가 한눈에 보이는 탁 트인 이곳은 비연이 가장 아끼는 장소였다. 수련을 할 때면 항상 이곳에 왔다. 목도를 쥐고서 회륜도를 휘둘렀다.

쏴아아아!

때마침 바람이 머리를 쓰다듬고 지나갔다.

"시원하다……."

"부웁! 그러지 말고 나랑 집에 가자니까!"

"그렇지만……."

"소천 숙부가 오셨다고! 이번에도 진귀한 것을 엄청 많이 가지고 오셨다고."

"천 숙부가 오셨어?"

"응."

소천은 강호와 새외를 돌아다니면서 진귀한 것들을 수집하는 그들의 막내 숙부였다. 그가 소가장에 올 때면 소가육아는 모두 그에게 달라붙어 신기한 이야기나 물건을 보여달라며 떼를 쓰곤 했다.

비연은 결국 고개를 끄덕이고 말았다. 아깝긴 했지만 수련은 내일도 가능했다. 하지만 소천 숙부는 언제 말없이 떠날지 몰랐다.

"그럼 가자."

소하는 방긋 웃으며 앞장섰다.

"소천 숙부우우!"

"숙부! 오랜만이에요!"

"얼마나 보고 싶었는지 알아요?"

"그래, 우리 말썽꾸러기들. 나도 너희들이 얼마나 보고 싶었는지 모른단다."

비연과 소하가 집에 당도했을 때쯤에 이미 소천은 다른 네 아이에게 둘러싸여 있었다.

소천은 아이들과 놀던 도중에 비연과 소하를 발견할 수 있었다.

"오오, 이게 누구냐. 비연과 소하가 아니냐? 그새 몰라보게 컸구나!"

소하는 쪼르르 달려가 소천의 품에 안겼다.

"오늘도 즐거운 이야기해 주실 거죠?"

"당연하지. 내 오늘 밤에는 서역의 이야기를 해주마. 만월이 뜨면 늑대가 되는 사람들의 이야기란다."

"우아아아! 서역이라면 눈 파란 도깨비같이 생긴 사람들이 사는 곳인데! 거기까지 갔단 말이에요?"

"그렇단다."

"역시 소천 숙부셔!"

모두가 방방 들떠 있을 때, 비연이 조용히 그에게 다가가 인사했다.

"오셨어요?"

"그래, 넌 정말 몰라보게 많이 컸구나."

소천은 비연의 몸 위아래를 훑어보았다.

아이답지 않게 고루 잘 발달된 근육이 눈에 잡혔다. 겉으로는 왜소해 보일지 몰라도 드문드문 비치는 잔근육은 절대 보통 노력으로 만들어지는 것이 아니었다.

"그동안 회륜도 수련을 빠지지 않고 했나 보지?"

비연은 콧잔등을 긁었다.

"그래 봤자 얘들한테는 지는걸요."

다른 아이들도 동의했다.

"그래요! 비연은 매일 회륜도를 수련하지만 정작 우리는 이기지 못하는걸요!"

"비연은 아마 말론 수련한다 하고 농땡이 부리는 걸 거야."

비연의 얼굴이 붉어졌다. 다른 아이들의 말대로 그는 늘 쉬지 않고 꾸준히 수련을 했지만, 정작 대련에서 이긴 적은 한 번도 없었다.

실력이 느는 것 같지 않아서 때로는 포기할까 하는 생각도 들었다. 하지만 그때마다 마음을 다잡고 다시 목도를 쥐었다.

소천은 기특하다는 듯이 비연의 머리를 쓰다듬었다.

"대기만성, 큰 그릇은 나중에 만들어진다고 했다. 노력은 언제고 하늘에 닿는 법이다. 지금처럼 앞으로도 꾸준히 정진하여라. 너희들도 계속 수련을 게을리하면 언젠가는 비연에게 따라잡힐 것이니 주의하여라."

"피이, 다른 어른들이랑 똑같은 말씀만 하셔."

한 소년이 입을 삐죽 내밀었다.

하지만 한눈으로는 비연을 훔쳐보는 것이, 겉으로는 태연한 척해도 속으로는 비연을 경계하는 것이 틀림없었다.

"나는 다른 형님들께 인사도 드려야 하니 늑대 인간 이야기는 오늘 저녁에 해주마."

"네!"

"네!"

소천은 자리에서 일어나 안방으로 발걸음을 옮겼다.

그때,

"어?"

비연은 보았다. 소천의 눈가가 촉촉이 젖어 있는 것을 말이다. 슬픔을 간직한 눈빛이었다.

소천은 안방으로 들어갔다. 비연의 혼잣말이 그 뒤를 조용히 따랐다.

"숙부……?"

그리고 그날 이후로 비연은 소천 막내 숙부를 더 이상 볼 수가 없었다.

그날 밤, 소천과 다른 숙부와 백부들은 말싸움을 했다.

무슨 내용으로 싸웠는지 모른다. 하지만 '소가장은 여기서 멈추어선 안 된다!', '조상의 업을 이어야 한다!' 따위의 말이 오고 간 것으로 보아 가문의 일에 대한 내용인 듯싶었다.

하지만 오랜 시간 떨어져 있던 만큼 형제들의 사고 차이도 너무나 크게 벌어져 있었다.

결국 소천은 새벽에 가문의 문을 박차고 나갔다.

그리고,

다음날.

백 년의 세월 동안 꾸준히 절강을 지켜왔던 소가장은 나무

기둥도 남기지 못하고 모조리 지워지고 말았다.

                    *   *   *

  그 뒷이야기는 떠오르지 않았다.

  하지만 머릿속에서 지워졌던 추억이 다시 떠오르는 것은
정말 가슴이 뭉클한 일이었다.

  소가장이 멸문하면서 항상 형제처럼 같이 붙어 다니던 소
가육아는 뿔뿔이 흩어져 버렸다.

  비연은 절강성에서 비렁뱅이 생활을 하며 전전하다가 사
부를 만나게 되었다.

  그 후로는 혹독한 수련과 피폐한 전장 생활이 주를 이룬 탓
에 과거를 떠올릴 겨를이 없었다.

  모두 사라져 버린 줄로만 알았던 꿈들. 하지만 그것이 살아
있음을 알았을 때, 비연의 가슴속에는 또 하나의 소원이 남았
다.

  '가보고 싶다……. 고향에…….'

  천산은 중원을 기준으로 서쪽에 위치해 있다. 그의 고향인
절강은 중원의 극동. 끝에서 끝이다. 가는 데에만 족히 일 년
넘게 걸리겠지만, 죽기 전에 다시 한 번 밟아보고 싶었다.

  바위에 부딪치는 파도 소리, 짭짤한 밤바다의 향, 푸른색
물결과 끝이 존재하지 않는 드넓은 지평선…….

가만히 눈을 감고 있노라면 금방이라도 갈매기 소리가 끼룩끼룩 하고 들릴 것만 같았다.

'모든 일이 끝난다면, 그때에…….'

그러기 위해서는 살아남아야만 했다.

비연은 관조의 세계를 더욱 확장했다.

＊　　　＊　　　＊

까아아앙!

쇳소리가 상념을 깨뜨렸다.

비연은 손에 쥐어진 도신을 보았다.

'소가(蘇家)…….'

오랫동안 가슴속에 묻어두었던 가문의 업(業). 언제고 복수를 하겠다며 다짐했으나 끝내 세월 속에 잊고 말았던 한(限). 그것이 다시 살아났다.

'나는 조용히 살기 힘들겠구나.'

마교에서의 일이 끝나면 중원으로 가야 한다.

진성과의 일, 어둠 속에서 마교를 좌지우지했던 이들을 처리하고 나서의 일이 결정되었다.

가문의 일을 스스로 마무리 지어야 했다.

단서는 단 한 가지. 막내 숙부 소천. 소천이 문을 박차고 나간 후에 괴한들이 가문을 습격했다.

우연일 수도 있지만 본능이 말하고 있었다. 소천과 그 괴한들 사이에 어떤 연관성이 있다고 말이다.

'그러기 위해서는 모든 준비를 끝내고 나가야 한다.'

깡!

불꽃이 튀었다. 화끈한 열기가 얼굴을 덮었지만, 이제 더이상 아무런 뜨거움도 느껴지지 않았다.

'분천칠도(焚天七刀).'

한은 하늘에 닿았다. 저 하늘을 불사르지 않으면 자신의 가슴이 타들어갈 것 같았다.

그래서 하늘을 태운다는 뜻을 가진 이름을 붙였다.

회륜도를 뼈대로 구류화마도의 살을 덧붙인 이 도법은 이제 하늘을 부수기 위해 질주할 터였다.

'너의 이름은 분천(焚天)이다.'

비연은 분천도의 마무리를 위해 망치를 힘껏 내려쳤다.

까아아앙!

"탄생했구나."

시고는 감탄을 흘렸다.

비연이 탄생시킨 도는 하나의 보물이라 해도 부족하지 않을 듯했다.

새하얀 눈처럼 눈부신 순백색의 도신 위로 희미하게 보이는 붉은빛은 묘한 아름다움을 자랑했다.

"이름은 정했느냐?"

비연은 고개를 끄덕였다.

"분천이오."

"하늘을 태운다라……. 낄낄! 그래, 사내가 한번 마음을 먹었으면 그 정도는 되어야지! 암!"

시고는 낄낄대면서 도갑을 던졌다.

"분천의 집이다."

역시나 마찬가지로 순백색의 아무런 무늬도 없는 도갑이었다. 하지만 그것이 되레 소박한 멋을 더해주었다.

분천도가 비연의 사념으로 인해 뜨겁다면, 도갑은 한철의 빙정으로 인해 차가웠다.

열양공 조절에 많은 도움이 될 듯했다.

찰칵.

도신을 안으로 밀어 넣자 기분 좋은 소리가 들렸다.

서로 다른 사람이 만들었으면서도 같은 명장이 만든 것처럼 딱 맞았다.

"다행히 크기는 맞군. 낄낄. 그래, 이제는 어떻게 할 예정이냐?"

"무엇이 말이오?"

"이제 몸도 다 회복했겠다, 애병도 만들어졌겠다, 이제 어떻게 할 예정이냔 말이다. 천년만년 나와 같이 이곳에 살 생각은 아니지 않느냐?"

"……."

비연은 대답하지 않았다.

대신에,

찌이이익!

입고 있던 옷의 소매 밑단을 찢었다. 그것으로 눈을 가렸다. 어둠이 더 깊게 자리 잡았다.

하지만 심안은 더욱 진해져 시야로 보이는 것보다 더 많은 세상을 눈에 담을 수 있었다.

"나는 절대 당하고는 살지 못하오."

"그렇군. 가슴속의 한을 삭일 수 없다?"

"이 한으로도 가슴이 무너질 것 같기에 더 이상 세상을 두 눈에 담아 한을 쌓지 않을 생각이오."

시고는 묵묵히 고개를 끄덕였다.

"그래, 네 생각이 그러하다면 어쩔 수 없구나. 하지만 이것만은 알아두어라. 두 눈으로 보는 세상보다 가슴으로 보는 세상이 더욱 마음을 아프게 할 수 있다는 것을."

"두 눈으로 보지 않기에 가려낼 것이고, 가슴을 열지 않기에 더욱 잔혹해질 것이오. 다시 두 눈을 뜨는 날은 이 손으로, 아니, 이 도로 하늘을 모조리 태우고 난 후가 될 것이오."

비연은 자리에서 일어나 절을 올리기 시작했다.

일배, 이배, 삼배……. 전과 마찬가지로 이번에도 구배가 아닌 팔배였다.

"당신을 사부로 삼을 순 없소. 하지만 당신은 내게 아버지와 같은 존재요. 아버지라 부를 수 있게 해주시오."

시고는 입가에 미소를 달았다.

"그래, 너는 나의 아들이다."

"아버지, 아들의 절을 한 번 더 받으시지요."

비연은 부족한 일배를 사제 관계가 아닌 부자 관계로 메웠다. 일배를 끝내자 시고가 입을 열었다.

"껄껄, 이 나이에 아들이 생기니 좋구나. 내 새로 생긴 아들에게 이름을 지어줘도 좋으냐?"

비연은 고개를 끄덕였다.

"여태껏 잊고 있었으나 나의 본명은 을지혼이다."

"을지……."

"너에게 내 이름자를 물려주고 싶다."

비연은 고개를 들어 올렸다.

"앞으로 소자의 이름은 소혼(蘇魂)이 될 것입니다."

"그래, 아들아. 한번 안아보자꾸나."

시고는 비연, 아니, 이제는 소혼이라는 이름자를 가진 청년을 품에 끌어안았다.

*   *   *

"흠……."

진성은 자신의 손에 들린 서류 하나를 보며 신음을 흘렸다.

"암연동 내부에서 이상한 빛무리가 터졌다고?"

교주 대마종이 정신을 차리지 못하고 소교주가 패륜아로 찍혀 실각된 이때, 교의 모든 행정은 진성의 입맛대로 처리되고 있었다.

그로 인해 주요 결과 보고는 반세맥이 아닌 신마맥 쪽으로 올라오고 있었다.

오늘도 여느 때와 같이 하루 일과의 시작으로 주요 사안들을 검토하고 교 내에서 발생한 일들을 확인하고 있었다. 그 와중에 눈길을 끄는 한 보고서를 찾을 수 있었다.

삼급(三級)으로, 보통 진성에게까지 올라오지 않고 천원당 내에서 수리될 보고였다. 그럼에도 그에게까지 올라온 것은 한 번은 봐달란 뜻일 터였다.

소교주가 실각되어 감금된 것을 제외하고는 지난 백 년간 단한 차례도 이상 징후를 보인 적이 없던 암연동에서 이상한 빛무리가 터져 나왔습니다.

안으로 급히 확인차 무사를 보내려 했으나, 상부의 지시가 떨어지지 않는 한 무간뇌옥 안으로 들어갈 길이 없으므로…….

내용은 간단했다.

소교주가 감금된 이후 삼 년 동안 단 한 차례도 열리지 않왔던 암연동에서 이상한 낌새가 느껴졌다는 것이다.

단 한 차례, 눈 깜짝할 시간 동안 터진 빛은 저녁 밤하늘 전체를 수놓을 정도였다고 한다.

"비연인가⋯⋯?"

마교의 소교주였으나 이제는 바닥까지 추락한 남자의 얼굴이 눈에 아른거렸다.

"그라면 가능할지도⋯⋯."

진성은 작게 웃었다.

단전이 파훼되고 힘줄과 심맥이 모두 굳어진 이상 그가 재기한다는 것은 불가능이나 마찬가지다. 이미 교의 모든 사람은 소교주가 무간뇌옥 안에서 쓸쓸하게 죽었을 거라 믿어 의심치 않았다.

하지만 진성은 달랐다. 그가 아는 비연은 불가능을 모르는 남자였다. 늘 승리의 길만을 걸어왔고, 기적을 불러일으켰다.

언젠간 밖으로 나올 것이라 믿기에 웃을 수 있었다.

"너이기를 빈다. 홀로 지키는 지고의 자리는 너무나 외롭거든."

회주를 제외한 이들을 모두 자신의 아래로 여기는 진성이다. 이제는 회주마저 내칠 생각을 가지기에 그는 지고의 자리에 앉은 절대자다.

비연은 그런 절대자에게 도전할 수 있는 가능성을 가진 유일한 인물이었다.

벗이었지만 심장을 뜨겁게 달구었던 자.

한평생 숙적으로 살아도 부족하지 않을 것 같던 이가 바로 비연이었다.

그랬기에, 끝을 모르고 오르기에 끌어내렸다. 땅은 보지 못하고 하늘만 날기에 땅속 아래에 처박아 넣었다.

가장 밑까지 추락했으니, 이제 다시 오를 일만 남았을 것이다.

그는 그에게 있어 가장 큰 벽이자 숙적이며 또한 친구인 자에게 행운을 빌었다.

"돌아와라, 비연. 저 위에서 기다리겠다."

진성은 혼잣말을 끝내고는 공중을 보면서 외쳤다.

"마영!"

"하명하십시오."

어느새 진성의 옆에는 검은 복면을 쓴 남자가 부복을 하고서 나타났다.

"지워."

"존명."

짧은 한마디였지만 내용은 간단했다.

암연동에서 인 빛무리를 본 사람을 모두 죽이란 뜻이었다. 암연동에서 있은 일은 그만이 알아도 충분했다.

"그리고… 제천궁에 대한 감시는 끝이 났는가?"

진성은 얼마 전, 비각과 호교전에 일러 현재 중원을 휩쓸다

시피 하고 있는 제천궁에 대한 조사를 행하라고 명했다.

회의 명, 즉 마교를 이끌고 제천궁을 치라는 명을 이행하기 위해선 그에 합당한 명분이 필요했다.

비록 마교를 거의 손안에 넣었다고 하더라도 중원과 맺은 칠년지약을 깨는 것은 수많은 반발을 초래할 수 있었다.

"그것이……."

"왜 그러느냐? 뭐가 잘못되었나?"

"모두 실패했습니다."

"실패했다? 모두?"

"예."

"비각뿐만 아니라 역천맥까지?"

"역천맥 쪽은 모르겠지만 그럴 것이라 생각됩니다. 제천궁에 대해 조사하라 중원에 보내어진 공작원들을 포함, 어렵게 궁에 넣어두었던 세작들까지 모두 죽임을 당했습니다."

"허……!"

진성은 기가 막힌다는 표정을 지었다. 마교의 정보망은 개방과 하오문, 공공문을 모두 합해야 겨우 맞먹을 정도로 엄청난 규모를 자랑한다.

중원 침략의 야욕을 위해 교가 오랜 세월 깔아둔 것도 있었지만, 정마대전이 삼십 년 넘게 이루어지면서 마교에 충성 맹세를 서약한 문파도 그에 못지않게 많았다.

그 탓에 커다란 정보망을 가질 수 있게 되었는데, 그러한 마교의 정보망이 지금 부정당한 것이다.

"마음만 먹는다면 황제가 숨겨둔 자식들 숫자까지 알아낼 수 있다는 교의 비각이 실패했단 말이지?"

갑자기 하늘에서 뚝 떨어진 듯한 제천궁. 그곳의 진정한 정체를 알 길이 없었다.

"공공문과 하오문에서의 연락은?"

"그곳들 역시 비각이 조사한 것과 비슷한 동류의 정보만을 가지고 있을 뿐, 그 수뇌부가 누구인지, 회 내의 구성 요소나 운영 체제에 대해서는 전혀 아는 바가 없다고 했습니다."

"큭, 회에서는?"

"아무런 언급도 없었습니다."

"회의 도움 없이 그냥 마교만으로 제천궁을 치라는 의미로 군. 명분을 만들어야 하는데 말이지."

"한데 우연히 제천궁의 강남 정벌을 지켜본 교도가 있는 듯합니다."

진성의 눈동자에 살짝 이채가 어렸다.

"그래? 계속 말해봐."

"예. 그가 말하길, 제천궁이 보유한 고수 중 한 명이 삼양장(三陽掌)을 사용했다 합니다."

"삼양장?"

지금은 강호 사람들의 뇌리 속에서 잊혀졌으나, 백 년 전 강호를 떨쳐 울린 천중팔좌 중 한 명인 일신이 펼치던 무공

중 하나가 바로 삼양장이다.

"그럼 제천궁이 일신의 후예란 뜻인가?"

"그럴 가능성도 적지 않게 있습니다."

"큭, 재밌군."

제천궁에서 삼양장을 쓰는 인물이 발견되었다?

'회와 제천궁 간에 어떤 연관이 있는 건가?'

진성이라고 해서 회의 모든 것을 다 아는 것은 아니다. 회는 철저한 점조직으로 이루어져 있으며, 회가 행하는 모든 일은 모두 회주의 머릿속에서 나온다.

진성이 일공자(一公子)의 칭호를 가지고 있다 하더라도 회에 접근할 수 있는 정보의 양은 한정되어 있었다.

"상당히 재밌어지겠어."

진성은 턱을 쓰다듬었다. 일신은 한때 교의 제일 적이라 불렸던 자. 만약 제천궁을 일신의 후예로 몰 수만 있다면 마교를 움직이는 명분은 충분히 갖춰진다.

"지금 당장 마맥회의를 소집하라."

"존명."

명을 받든 마영은 그림자에 녹아 사라졌다.

암연동, 무간뇌옥, 빛, 비연, 제천궁, 일신, 그리고……

"회."

진성은 차갑게 웃었다.

"회주, 당신이 얼마나 그 자리에 설 수 있는지 지켜보겠소.

내가 일어설 수 있을 때까지는 그대의 명을 받아주지. 하지만 모든 일이 끝난 뒤에는……."

냉소가 더욱 짙어졌다.

"더 이상 이 세상에서 목숨을 부지키 힘들 것이오."

진성의 명에 따라 마맥회의가 소집되었다.

"우리를 다시 이곳에 모이게 한 이유가 뭐야?"

역천화수 채홍련은 부채를 살랑이면서 요염한 표정을 지어 보였다. 환락밀희공(歡樂密喜功). 이성의 감성을 녹여 상대에게서 정을 채취하는 사도의 술공이었다.

몸을 비틀 때마다 은연중에 흘러나오는 색기는 남성의 피를 뜨겁게 달구었다. 하지만 진성은 되레 싸늘한 표정을 지었다.

"내 앞에서 환락소(歡樂笑)를 지으면 어떻게 되는지 잘 알고 있을 텐데?"

"칫, 장난도 못 치나."

채홍련은 입을 삐죽 내밀고서 투덜거렸다.

진성은 그녀의 혼잣말을 귓등으로 흘려들으며 다른 오대수에게 말했다.

"제천궁을 쳐야 할 것 같다."

"뭐?"

"제천궁을……?"

"저들끼리 치고받고 싸우다가 둘 다 지쳐서 쓰러질 거 아냐? 그때 끼어들면…….”

반세고수 혁리빈현을 제외한 나머지 인물들이 저마다 의아함을 드러냈다. 혁리빈현은 조용해지기를 기다렸다가 한마디를 던졌다.

“무슨 이유가 있겠군.”

“당연하다. 난 아무런 이유도 없이 일을 진행하지 않는다.”

환도개수 유현이 입을 열었다.

“마영이 가져다준 그 정보 때문인가?”

진성이 가만히 고개를 끄덕이자 채홍련도 박수를 치며 긍정을 표했다.

“그래. 그게 정말 사실이라면 분명 제천궁은 본 교의 제일 적이지. 그런데 놈들이 정말 그의 후예라는 증거는 없잖아?”

“대체 무슨 소리야! 너희들끼리만 알고 있지 말고 우리에게도 말을 해달란 말이다!”

답답한 것은 천겁령수 고연대였다. 분명 중요한 이야기를 하는 것 같은데, 무에만 미쳐 있지 정보에는 취약한 그로서는 저들의 대화에 끼어들 틈이 없었다.

하지만 채홍련은 고연대를 무시하고서 제 할 말만 이었다.

“그저 제천궁의 고수들 중에서 삼양장을 쓰는 놈이 나왔을 뿐이라고. 그냥 놈들이 포용한 고수들 중에 우연히 그의 후예가 끼인 것일 수도…….”

“물론 그럴 수도 있다. 하지만 삼양장을 쓸 정도의 고수가 단순히 제천궁의 수하라고 하긴 어렵겠지. 적어도 서열 열 손가락 안에 드는 수뇌부일 것이다. 그리고 삼양장을 쓴 고수가 있다는 것만으로도 제천궁은 본 교의 적이다."

"그건 부정치 않겠어. 하지만 꼭 그것이 삼양장이라는 증거도 없고……."

"그래서 너희들을 소집한 것이다."

"……."

모두가 조용해진 그때, 혁리빈현이 말했다.

"제천궁의 고수 중에 삼양장을 쓴 인물이 발견되었단 말인가?"

채홍련은 의자에 몸을 뉘였다.

"아직 확실하게 밝혀지진 않았어. 하지만 삼양의 열공일 가능성이 높은 무학을 사용한 고수가 있다는 것만은 사실이야."

혁리빈현까지 입을 다물자 이야기를 따라가지 못한 고연대는 버럭 소리를 질렀다.

"대체 그것이 무슨 소리……!"

채홍련은 딱하다는 얼굴로 고연대를 보았다.

"만날 똥폼만 잡을 줄 알지 대체 네 머릿속에 든 게 뭐야?"

"뭣이?"

"대충 돌아가는 이야기를 들어보면 몰라?"

"모르겠다!"

"에휴! 저러니 머리를 굴릴 때마다 돌 구르는 소리가 들리지. 똑똑히 들어둬. 그동안 흑막에 가려졌던 제천궁의 고수 중 한 명이 삼양장을 썼어. 그것 때문에 마맥회의가 소집된 거고. 됐어?"

"삼양장을 쓴 게 뭐라고 이렇게 생난리인가!"

"…너, 설마 삼양장이 어떤 무공인지 모르는 건 아니지?"

"모른다!"

"…모른다고 인정하는 것도 대단한 용기다. 제발 검 한 번 더 휘두를 시간에 역사 공부 좀 해라, 이 돌대가리야!"

"뭣이!"

고연대는 자리를 박차고 일어나며 손을 번쩍 들었다. 흑색 마기가 손을 둘러쌌다. 겁천수(劫天手). 천겁맥의 절학이었다.

채홍련도 지지 않았다. 부채가 꽃봉오리처럼 화사하게 펴졌다.

촤아악!

밀락선(密樂扇)이라는 무공이었다.

두 마기가 금방이라도 충돌할 듯이 일렁였다. 그들 사이에 놓인 탁자가 기파에 밀려 수없이 몸을 떨었다. 중앙에 금이 하나 새겨졌다.

진성은 양손을 들어 위에서 아래로 눌렀다.

쿵!

그러자 마치 거짓말처럼 두 마기가 말끔하게 지워졌다.

"……!"

"······!"

채홍련과 고연대의 시선이 저절로 진성에게 향했다. 단숨에 자신들의 기운을 꺾었다. 상대보다 최소 두 수 이상의 실력을 지니고 있지 않으면 불가능한 실력이다.

"그사이에 또 강해졌군."

고연대는 침음성을 흘렸다.

진성은 미소를 지었다.

"너도 언젠간 이곳을 밟을 수 있을 것이다."

"밟을 수야 있겠지. 그때의 너는 저만치 더 위로 올라가 있겠지만."

고연대는 허탈한 심정으로 의자에 주저앉으며 시선을 다시 채홍련에게 돌렸다. 무덤덤한 눈길이었다. 싸울 의지 따위는 이미 꺾여 버렸다.

"네 말대로 나는 교의 역사에 대해서 잘 모른다. 삼양장을 쓰는 것이 교의 적인 것과 무슨 관련이 있다는 거지?"

"삼양장이 누구의 무공인지는 알지?"

"일신의 무공이 아닌가?"

"···누가 무에 미친 바보 아니랄까 봐 그건 아는구나. 그럼 일신과 교에 대한 관계는?"

"모른다."

"후우! 그럼 처음부터 설명해야 하는 건가."

채홍련은 검지로 이마를 꾹 누르며 설명해 나갔다.

"일신의 정식 별호는 무일양신(無一恙神). 그 무예가 감히 용과 비견된다고 해서 붙여진 별호야. 백 년 전 절대인들을 일컫는 천중팔좌 중에서도 제일이라 불렸었지."

"당금이 성란육제고, 전대가 고천사패이니 전전대의 인물이 되는 건가?"

"그래. 또한 일신은 본 교의 제일마였던 일마 염도시고와 숙적이기도 했어."

"무간뇌옥의 대마인……"

고연대는 침음성을 흘렸다.

백 년 전에 무공 하나로 강호를 누비고 더 나아가 제일마라 불렸던 인물이 있었다.

그는 열양장(熱陽掌)과 독도(毒刀)로 자신을 가로막는 인물을 모두 베어 넘겼다. 그것은 자신이 몸담고 있는 문파도 예외는 아니었다.

결국 화가도 염도시고는 마교와 척을 지게 되고, 마교는 천에 가까운 고수를 잃고서야 가까스로 그를 억누를 수 있었다.

하지만 언제 그가 힘을 되찾아 몸을 일으킬지 모르기 때문에 마교는 그를 암연동 무간뇌옥에 봉인시켰다.

그 뒤로 마교도들은 무간뇌옥에 대마인이 산다며 접근하기를 꺼렸다. 비록 봉인당했다고 하지만 그때의 공포는 잊을 수 없었다.

일신은 그런 대마인과 숙적이었던 사람이다.

"대마인과 숙적이었다면 일신은 본 교와도 적이었겠군?"

"그래. 비록 염도시고와 충돌이 생겨 그를 봉인했지만, 본 교는 그를 품었던 곳. 당연히 일신과 충돌이 있을 수밖에 없었지."

채홍련은 입에 담지 않았지만 일신과 마교가 정면으로 맞부딪친 적이 한 번 있었다.

상산에서 일어난 그 싸움은 마교가 대패하는 것으로 끝마무리되었다.

본디 일신은 자신의 업적을 입에 담는 사람이 아니라서 소문이 퍼지진 않았지만, 그때 이후로 일신은 마교의 제일 적이 되었다.

"일신과 제일마라……. 그 둘을 동시에 적으로 만들어놓고도 본 교는 용케 살아남았군."

채홍련은 쓴웃음을 지었다.

진성이 입을 열었다.

"그렇게 되어서 제천궁에 대한 본 교의 자세는 강경책일 수밖에 없다. 삼양장을 쓴다는 것은 일신의 후예란 뜻이므로."

"삼양장과 비슷한 무공은 얼마든지 있어. 그리고 그것만으로는 칠년지약을 깨뜨릴 명분이 없어."

칠년지약.

중원의 정파와 신강의 마교가 맺은 휴전 협정이다.

삼십 년 넘게 진행된 피비린내 나는 싸움은 결국 중원도,

마교도 지치게 만들었다.

　결국 두 세력은 '칠 년 동안 그 어떤 무력 사용도 하지 않으며, 서로의 영역에 침범하지 않는다'는 내용의 약조를 맺었다.

　정파인들은 세상에 정의가 사라졌다며 통탄했고, 마인은 마도의 위상이 꺾였다며 울었다.

　하지만 칠년지약은 두 세력에게 좋은 결과를 가져다주었다. 무너진 문파들이 복구되었고, 유실된 무공을 되찾을 수 있었다.

　이제 겨우 삼 년이 지났지만, 긴 전쟁 끝에 찾아온 평화는 모두에게 꿀맛과도 같은 시간이었다.

　그런 칠년지약을 깨버린다?

　정파의 반발은 물론, 간만에 휴식을 취하고 있는 마교의 하급 무인들까지 반발할지도 모르는 일이었다.

　하지만 진성은 그것을 간단하게 일축시켰다.

　"우리가 치는 것은 제천궁이지 정파가 아니다."

　"……!"

　모두의 눈이 번뜩 뜨였다.

　"제천궁은 정도가 아닌 패도를 지향한다지? 그렇다면 칠년지약 협정에 어긋나는 일은 하나도 없다."

　"그런……!"

　"또한 우리는 마인이다. 칼에 피가 마르는 날이 바로 마인의 죽음을 의미하는 것임을 어찌 모르나?"

"......"

"......"

혁리빈현을 제외한 오대수는 일제히 고개를 끄덕였다.

기실 그들도 요즘 들어 찾아온 평화가 마음에 들지 않는 것은 사실이었다.

"그래도 민감한 사항인만큼 명분은 있어야겠지."

유현이 답했다.

"세작은 더 이상 투입하지 못한다. 놈들도 본 교에 대해 촉각을 곤두세우고 있는 분위기더군."

"누가 세작을 투입한다고 했나?"

"그럼……?"

진성은 미소를 지었다.

"우리가 직접 움직여야지. 간만에 중원 유람을 할 마음이 생기지 않나?"

*   *   *

우드득. 우드득.

뼈가 뒤틀린다. 살점이 떨어졌다가 그 위로 새살이 돋는다.

비연, 아니, 이제는 소혼이라는 이름의 새로운 생애를 살게 된 남자의 몸은 끝이 없을 것 같은 연주를 계속했다.

그러길 한참 후에야 소혼은 자리에서 일어날 수 있었다.

"어떠하냐?"

"몸이 가벼우면서도 무언가 묵직한 기분이 듭니다."

"낄낄, 그렇겠지. 본래 생강시를 만들 때에 사용하는 대법이다. 그것을 산 인간에게 시전했으니 몸이 정상적이라면 거짓말이겠지."

소혼은 쓴웃음을 지었다.

"아들에게 강시의 무공을 주입하는 사람이 어디 있답니까?"

"여기에 있다. 왜? 꼽냐? 낄낄!"

시고는 계속 껄껄 웃어댔다. 소혼은 혀를 내두르면서 벗어 두었던 옷을 입기 시작했다.

비록 두 눈은 천으로 가려져 있지만, 전보다 더욱 확대된 심안은 일상생활을 하는 데 큰 무리가 없게 해주었다.

지금 시고가 소혼에게 주입한 것은 강환대법이라는, 강시를 만들 때에나 사용하는 대법의 일종이었다.

원래 시고의 말에 따르면, 이 강환대법은 본래 천혼이라는 인물에게 전수해 주기로 약속된 것이라 했다.

하지만 시간이 너무 오래 흘러 그 내자가 언제 올지 모르므로 이렇게 비연에게 전해주게 된 것이다.

외공을 단련하면 조문이라는 약점이 생기는 것과 다르게, 강환대법은 외공보다는 경도가 약하지만 대신에 조문은 남기지 않는다.

절혼령과도 상충되지 않아 좋았다.

하지만 재료가 까다롭고 강시에 대해서 잘 아는 사람이 필요한 고로 많은 이들이 은연중에 기피하곤 했다. 정마를 막론하고 강시 같은 방문좌도의 술법은 무인들에게 기피되는 대상이었으니까 말이다.

여하튼 소혼은 이렇게 시고로부터 강환대법을 주입받게 되었다.

분천도의 탄생과 신혈천마기, 그리고 강환대법까지.

전과는 비교도 할 수 없을 정도로 성장했다.

비연은 정좌를 하고서 예의를 갖췄다.

"아버지, 한 가지 말씀드리고 싶은 게 있습니다."

소혼은 그동안 뚝심으로 지켜왔던 하오체를 더 이상 쓰지 않았다.

"말해보아라."

시고는 가만히 가부좌를 틀었다.

"야고와 천혼이라는 사람에 대해서 듣고 싶습니다."

"어째서?"

"본래 이 강환대법은 천혼이라는 사람에게 주기로 되어 있지 않았습니까? 또한 아버지께서 가끔씩 야고라는 사람을 언급하는 것으로 보아 아버지와는 꽤나 깊은 친분이 있던 분이라 생각됩니다."

시고는 낄낄 웃었다.

"낄낄, 아직도 야고가 누군지 모르겠더냐? 야고의 문하인 녀석이?"

"제가… 야고라는 분의 문하라니요?"

"야고 녀석은 내가 활동할 당시의 교주였던 놈이다. 너, 소교주였지? 천혼이 너의 사부인지 사조인지 모르겠다만, 아무튼 분명한 것은 넌 야고의 후예란 거다. 그러니 꼭 너와 나의 시작이 거짓이라고 할 수는 없다. 뭐, 이제는 이렇게 네놈과 아비 아들 소리를 하게 되었지만. 껄껄껄!"

시고는 크게 웃었다.

"이럴 때 소홍주 하나가 있으면 딱 좋을 것 같은데. 흠, 너 혹시 내 젊었을 적 이야기가 듣고 싶지 않느냐?"

소혼은 고개를 끄덕였다.

"이렇게 남에게 내 이야기를 하는 건 처음이다만, 네가 아들이라서 하는 얘기니 잘 들거라."

시고는 회상에 잠긴 눈동자로 어릴 적의 이야기를 하기 시작했다.

본래 시고는 중원 사람이 아니었다. 북쪽, 흔히들 새외에서도 해동이라 부르는 동쪽의 사람이었다.

시고의 본명은 을지혼. 대제국 고구려의 장수 가문을 잇는 을지 가문의 후손이었다.

모용세가, 소씨 가문과 더불어 을지 가문은 북쪽에서도 꽤나 유명했다. 시고는 을지 가문의 장손으로서 가문의 기대를 한 몸에 받는 기대주였다.

가문은 을지혼에게 많은 것을 주입시켰다. 무공, 학문 가릴 것 없이 말이다. 그러던 중 을지혼은 자신의 인생을 송두리째 바꾸어놓은 사부를 만나게 되었다.

가문의 식객이었던 사부에게서 을지혼은 많은 것을 배웠다.

사부는 위대한 존재였고, 시고는 위대한 존재를 이을 만큼 커다란 그릇과 기량을 가진 아이였다.

결국 심심풀이로 시고를 가르치기 시작했던 사부는 나중엔 당신의 모든 것을 시고에게 전수해 주었다. 가주의 윤허를 받아 그를 데리고 불함산에까지 올랐다.

모든 수련이 끝난 후, 어느덧 대장부가 된 시고는 즐거운 마음으로 가문으로 돌아왔다.

하지만,

"아버지? 어머니……?"

가문은 없었다.

아버지도, 어머니도, 사랑했던 동생들 모두가 없었다.

주변 이웃의 도움을 받아 찾은 곳은 가문의 사람들이 누워 있는 수십 개의 묘지였다.

"을지 가문은 나라의 정쟁에 휘말려 그만……."

수소문해 본 결과 을지 가문은 뛰어난 무재를 많이 보유했음에도 불구하고 나라에 충성을 다 바치지 않는다는 이유 하나만으로 역적으로 내몰리고 말았다.

비록 간신배들이 득실거려 언제 쓰러질지 모르는 나라라 곤 하지만 아무런 죄도 없는 가문까지 없앨 줄은 몰랐다.

가문은 그렇게 죄없이 스러지면서도 설사 아들에게까지 불똥이 튈까 봐 그에게 연락을 넣지 않았다.

시고는 그때 다짐했다. 이 빌어먹을 나라를 뒤집어 버리고 말겠노라고.

때마침 나라는 꽤나 시끄러웠다.

이성계라는 장군의 위화도 회군과 함께 나라 전체가 들썩 였다.

시고는 곧바로 군문에 투신했다. 전장에서 수도 없이 많은 사람을 베었고, 또 죽였다.

결국 고려라는 나라는 뒤집히고 조선이라는 나라가 세워 졌다.

하지만 시고는 새 나라에 기댈 수 없었다.

휴식을 취하기엔 그가 걸어온 길이 너무나 멀었다. 그가 걷 는 곳에는 항상 피가 흐르고 시체가 뒤따랐다.

결국 시고는 반도를 떠났다. 바다를 건너 중원이라는 거대 한 땅덩어리로 몸을 옮긴 것이다.

문물, 언어, 문화 모든 것이 달랐다.

하지만 시고는 도태되지 않겠다는 일념 하나로 생활했다. 낭인, 보표, 호위무사, 나중에는 인연이 닿아 마교의 교도가 될 수 있었다.

시고는 마교의 무공과 사부로부터 배운 무학을 적절히 섞어 자신만의 무공을 탄생시켰다. 그는 이족이었지만 강했다. 어느덧 정신을 차리고 났을 때에는 제일마라는 별호가 붙어 있었다.

제일마 화가도 염도시고.

약간은 으스스한 이름이지만, 드디어 자신만의 생을 찾았다는 생각이 들었다.

모든 것을 내줄 수 있는 친구도 있었다.

야고.

심장을 내주어도 아깝지 않을 벗이었다. 차기 교주가 될 높으신 분이 왜 그리도 소탈한 건지. 마음이 잘 맞아 그와 함께 하는 시간은 항상 즐거웠다.

시간이 흐르고 야고는 교주가 되었다. 시고는 부교주로서 교의 기둥이 되었다.

—대마인 제일마가 있는 교는 절대 쓰러지지 않는다.

마교의 최전성기를 이루었던 시고를 가리키는 말이다.

벗과 생이 있는 교는 그에게 행복만을 가져다주었다.

하지만,

단 한 번, 단 한 번의 사건이 모든 것을 비틀어놓았다.

빌어먹을 운명은 그에게 절대 행복이라는 것을 허락하지

않았다.

"그 일이 있은 후 나는 암연동에 갇히게 되었다. 아, 정말 소홍주가 끌리는구나. 이럴 때 술이 하나 있으면… 크으!"

"아버지 몰래 담가두었던 뱀술이 있습니다만, 하나 내놓을 까요?"

"엥? 그게, 정말이냐?"

소혼은 씩 웃으면서 방에 들어가 기다란 병 하나를 가지고 나왔다.

"전에 우연히 독사 한 마리를 잡을 수 있었습니다."

"오오! 뱀술이란 말인가! 내놓아라!"

시고는 병을 열어 주둥이에 입을 가져다 대고서 벌컥벌컥 마셨다.

"카아! 속이 다 뚫리는구나!"

"저도 좀 주시죠?"

"시끄러! 이건 내 거다."

소혼은 시고 몰래 고개를 절레절레 흔들었다.

"캬아! 정말이지, 일품이로구나. 언제 이런 것을 준비해 둔 것이냐? 역시 내 아들이다!"

"아들이라도 아버지와 많이 달라야 하지 않겠습니까?"

"뭣이?"

시고는 눈을 부릅떴지만 곧 홱 하고 고개를 돌렸다. 계속 따지고 들다간 소혼이 술을 돌려달라고 할 것 같았기 때문이다.
시고는 꽤나 많은 양의 술을 마신 후에야 병을 내려놓았다.

"그래, 내가 어디까지 얘기했지?"

"일이 생겨 무간뇌옥에 갇힌 것까지 이야기하셨습니다."

"갇힌 게 아니라 내 발로 들어왔다니까! 여하튼 야고와 나
는……."

시고는 무간뇌옥에 들어오기 전에 야고와 한 가지 약조를
했다.

마교의 교주이자 천중팔좌 중 이괴에 속해 있던 야고. 그는
항상 홀로 있었다. 고독을 타면서도 그는 절대 친구를 만들지
않았다. 젊었을 적에 겪었던 한 번의 배신이 평생을 홀로 살
게 만들었다.

하지만 그런 야고도 마음을 열어준 이가 딱 두 명 있었다.
시고와 제자 천혼이었다.

마교도들은 그들이 엄청난 희생으로 말미암아 대마인이었
던 시고를 봉인시킨 것인 줄로만 안다.

하지만 수뇌부들은 안다.

사실 시고가 제 스스로 무간뇌옥 안으로 발걸음을 옮겼다
는 것을. 야고의 부탁과 함께 말이다.

"너와 나는 이제 더 이상 이 세상에 머물 수 없는 존재다."

세상에 염증을 느꼈던 시고는 결국 제 발로 암연동에 들어갔다.

불허입자즉사(不許入者卽死). 허락받지 않는 자는 죽는다.

제일마였던 사람만이 할 수 있는 광호한 한 마디였다.

야고는 시고가 들어가기 전에 한 가지를 부탁했다.

"먼 훗날 내 제자 천혼이 그곳으로 들어갈 것이네. 그때 그 아이를 부탁함세."

야고는 이때에 교 내에 흐르는 심상치 않은 기류를 읽었는지도 모른다.

제일마로 하여금 교도들을 죽이게 만들고, 교를 지탱하는 다섯 기둥인 오맥을 서로 충돌시킨 암류. 야고는 시고에게 제자를 부탁했다.

그리고 셀 수도 없을 만큼 긴 시간이 흘렀다.

친구 간의 약속으로 찾아오기로 되어 있던 이는 들어오지 않고 다른 청년이 들어오게 되었다. 그것이 바로 비연—소혼—이었다.

"잠깐, 야고가 교의 교주라고 하셨지요?"

"그렇다."

"그리고 아버지와 같은 천중팔좌 중 한 명이라고……."

시고는 아미를 찌푸렸다.

"일신이야 내 평생의 숙적이니 같이 묶는 것은 참을 수 있다만, 일초지적도 되지 않던 사양 놈들과 한데 묶는 건 언제 들어도 짜증나는구나."

"여하튼 이괴 중 한 명이셨단 뜻이지요?"

"그래."

"이괴라면 괴검(魁劍)과 야혼고마(夜痕孤魔). 교주라면 야혼고마를 말씀하시는 거군요."

"그래, 맞다! 야혼고마가 바로 야고다!"

시고는 자신이 뇌옥에 들어온 후에도 수십 번이고 밖으로 나갈까 하는 생각에 빠지곤 했다. 동굴이 갑갑해서가 아니라 단 하나뿐인 벗인 야고의 행방이 궁금했기 때문이다.

"대마인이셨던 아버지께서 무간뇌옥에 들어오신 이후 야혼마고는……."

"야고는?"

소혼은 시고의 기대 어린 눈빛을 차마 지켜볼 수 없었다.

"아직도 살아 있겠지? 비록 나보다는 약했지만 그래도 사양 놈들과는 비교도 할 수 없을 정도로 뛰어났던 놈이다. 어디선가 은거해서 후학을 키우고 있다 해도 절대 이상하지 않아."

하나, 말을 하고 있는 시고의 목소리는 조금씩 떨리기 시작했다. 이미 그는 오래전부터 가슴으로 느꼈는지도 몰랐다.

"아버지께서 제 발로 암연동에 들어가신 후··· 전대 교주께서는 돌아가셨습니다."

"……!"

시고는 그 자리에 그대로 굳어버렸다.

*   *   *

천원당.

진성이 중원행을 결정하고서 교를 떠나기 전 마지막 채비를 하고 있을 때였다.

문이 벌컥 열리며 한 여인이 저벅저벅 걸어 들어왔다.

"중원으로 간다니! 대체 그게 무슨 소리죠?"

여인의 모습은 대양의 푸른 바다를 품은 두 눈 사이로 슬픈 감정이 묻어 나오고, 옥을 잘 다듬은 듯한 매끈한 살결 위로 먹을 놓고 싶은 충동이 흘러나왔다.

"유 매, 이곳에 있었군."

여인, 유수연을 바라보는 진성의 얼굴엔 어느새 웃음꽃이 활짝 피었다.

"바람도 쌀쌀하거늘, 왜 이렇게 서 있나? 날도 추우니 어서 들어가자고."

진성은 마맥회의 때와는 전혀 다른 모습을 보여주었다. 회의 때는 한없이 무겁고 차가운 겨울 같았으나, 지금은 봄처럼 따스하고 부드러웠다.

"너라는 사람을 보면 나는 신물이 나! 당장 말해! 네가 떠나는데 왜 나까지 가야 하는지!"

일순, 진성의 표정이 굳어졌다.

"아직도 정신을 못 차렸나 보군."

"나는 절대 이곳을 떠나지 않아!"

"과연 네 뜻대로 될까? 한 번 결정 내려진 사항은 무조건 따라야 함을 잘 알 텐데? 같이 가지 않으면 네 목이 달아나."

중원행. 그곳엔 진성과 오대수뿐만 아니라 유수연도 같이 동행하기로 결정되었다.

"그 사람이 있었다면 너는 여기에 서 있지도 못했어!"

"그 사람? 아, 비연 녀석 말인가?"

입술이 비틀어졌다.

"암연동 깊숙한 무간뇌옥에서 쓸쓸하게 죽었을 놈을 왜 찾지?"

"나쁜 놈!"

"그렇게만 몰아가서는 안 될 텐데? 내가 그 녀석에게 모든 죄를 뒤집어씌울 때에 모른 척 방관했던 게 누구지?"

"그건 네가 협박을 해서……!"

"어찌 되었든 방조는 방조잖아. 왜 이래? 너도 결국 공범자야. 그것도 연인을 죽음으로 몰아가게 만든 공범자."

"이이……!"

유수연은 분노에 몸을 떨었다. 사랑했던 사람, 마음속에 담아두었던 사람, 그 사람은 이제 이곳에 없었다. 살아 있다는 것만 확인할 수 있으면 좋은데 살았는지 죽었는지조차 알 길이 없다.

진성은 손으로 유수연의 턱을 짚었다.

"역시나 비연 녀석에게 주기에는 아까운 얼굴이란 말이지."

"닥쳐!"

"게다가 앙탈도 심하고."

"닥치란 말이야!"

"전리품으로는 유 매만큼 좋은 여자도 없을 거야."

"나쁜 놈!"

"마음대로 욕해. 누가 뭐라고 해도 너는 이제 내 거니까. 사부의 심장에 칼을 꽂은 패륜아의 여자를 내가 아니면 누가 거두어주겠어? 하하하핫!"

진성은 유수연의 몸을 안아 들었다.

"놔! 이 손 놓으란 말이야!"

진성은 유수연을 자신의 방으로 끌고 가 벽 쪽으로 밀어붙이며 그녀의 입술을 훔치기 시작했다.

유수연은 원수에게 몸을 빼앗겨 능욕을 당하느니 차라리 혀를 깨물고 자결하고자 했다. 하지만 귓가를 파고드는 진성의 전음에 맥이 탁 풀렸다.

[만약 자결을 하면… 알지? 반세맥은 뿌리조차 남길 수 없다는 거. 네 외조부와 외사촌 모두를 죽이고 싶지 않다면 가

만히 있는 게 좋을걸?'

"……!"

유수연은 대마종의 손녀. 외조부란 대마종을 의미하고 외사촌은 반세맥주 혁리빈현을 의미한다.

진성이 언제고 그들의 목숨을 빼앗을 수 있는 한, 유수연은 그의 노예가 될 수밖에 없었다.

진성의 손이 앞섶을 풀어헤치며 안쪽으로 파고들었다. 금방이라도 육즙이 흘러나올 것 같은 부드러운 감촉이 손에 잡혔다. 혓바닥은 연신 그녀의 입술과 얼굴을 더럽히고 있었다.

유수연은 최소한의 반항만으로 진성의 손을 제지했지만, 그것마저 곧 무마되었다.

강제적인 애무가 지나가고 마지막만을 남겨두었지만, 진성은 곧 유수연의 몸에서 떨어져 나왔다. 유수연의 몸은 힘이 풀려 그만 땅에 턱하고 주저앉아 버렸다.

"몸은 빼앗지 않겠다."

"……"

"모든 것이 끝나는 날, 그때 너를 취하겠다. 당당하게, 너의 남자로서 말이야. 중원으로 떠날 채비나 해둬."

진성은 피식 웃으며 방을 빠져나갔다.

유수연은 의지가 상실된 눈동자로 중얼거렸다.

"미안해요, 비 랑. 당신의 원수가 바로 눈앞에 있는데도 어찌지 못하는 나를 용서해 주세요."

그녀의 두 눈에 눈물이 고였다. 보석 같은 눈동자가 물에 젖어 반짝였다.

넓은 산. 험준한 대지가 보인다. 진성은 이내 고개를 뒤로 돌렸다.

"이대로 세 명이서만 가는 건가?"

"우리만으로도 충분하다. 나머지는 교에 남아서 잔일을 처리하고 우리들의 통신 수단이 되어야겠지."

강호행이 결정된 것은 오대수 중 진성과 채홍련, 유현, 그리고 유수연뿐이었다. 혁리빈현과 고대연은 연락망으로 교에 남았다.

진성이 없는 때를 틈타 혁리빈현이 교를 장악할 수도 있을 터지만, 고대연이 있는 이상 그것이 쉽게 성공할 리 만무했다.

진성의 옆으로 유수연이 뒤따랐다.

'비 랑……!'

협박에 이기지 못해 교를 나갈 수밖에 없었다. 마음속의 연인은 그녀를 위해 달려오지 않았다.

그들은 곧 길에 올랐다.

"가자."

그렇게 진성을 비롯한 오대수 세 명과 유수연의 강호행이 시작되었다.

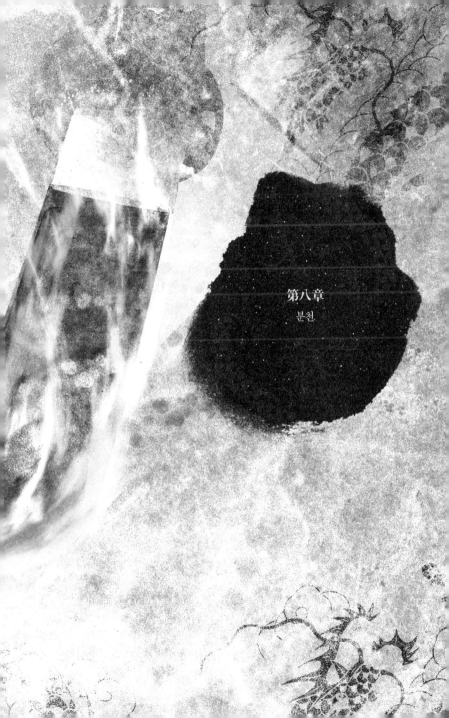

第八章
분천

神刀無雙
신도무쌍

어쩌면 꽤 오래전부터 느끼고 있었는지도 모른다.

평생을 나누자고 했다. 마음을 나누고 술을 함께했다.

지음(知音). 음을 알아주었던 유일한 벗이 죽은 후에 악기의 현을 끊어버렸다는 고사. 시고는 그것을 오래전부터 깨닫고 있었다.

마교 안에 흐르는 암류와 비틀리는 오대마맥의 관계. 그 모든 것을 종합해 보아도 야고 혼자서 그 모든 것을 제압하기엔 많이 힘들었다.

차라리 그때 암연동에 들어가지 말 것을.

화가 나더라도 꾹 참고 그의 옆에 있을 것을 그랬다.

"아버지께서 입동하신 후, 전대 교주께서는 정체를 알 수 없는 살수에 의해 운명하셨습니다."

죽었단다. 그것도 너무나 억울하게. 천중팔좌의 이괴에까지 올랐던 사람이 살수에 의해 죽었단다. 기가 막힐 노릇이었다.

"으하하하하!"

시고는 가슴이 터지도록 마음껏 웃었다. 술이 고팠다. 술을 마셨다. 목에 갈증이 났다. 술을 마셨다. 가슴이 아팠다. 술을 마셨다. 계속 마셨다. 이 마음이 나을 때까지. 계속. 계속⋯⋯.

"아들아."

"예, 말씀하십시오."

시고는 볼을 잔뜩 붉힌 채로 소혼을 불렀다. 입에서 퀴퀴한 냄새가 났지만 소혼은 아무렇지 않은 표정이었다.

"부탁 한 가지만 해도 되겠느냐?"

"말씀하십시오."

"태워라."

"알겠습니다."

"모든 것을 태워 버려라. 활활! 활활! 마교도 태우고, 소림도 태우고, 무당도 태우고, 중원도 태우고, 강호도 태워 버려라! 하늘까지 다 태워 버려라!"

"예."

"뭐? 살수에게 죽어? 천마신교의 교주 야흔마고가 살수에게 죽어? 말이나 된다고 생각하느냐? 태워라! 다 태워 버려라! 모든 것을! 전부!"

"저와 같이 가시지 않겠습니까?"

시고는 웃음을 뚝 그쳤다. 눈빛에서 차가움이 일렁였다. 모든 것을 뚫는 듯한 눈빛에 소혼은 털이 빳빳이 서는 기분이었다.

"나는 여기에 남는다."

"아버지……."

"나는 이미 강호에서 잊혀진 존재다. 내가 나선다고 해서 한이 풀어지진 않아. 하지만 너는 다르다. 강호에서 너의 이름은 아직 살아 있다. 새로운 생애를 살 테지만, 그 생애는 전날의 이름이 가졌던 모든 한을 불사를 것이다!"

"……"

"태워라! 하늘을! 태워라! 한을! 네가 가졌던… 그리고 내가 가진 모든 것을……!"

소혼은 고개를 끄덕였다.

분천도를 쥐고 있는 손에 힘이 실렸다.

저벅저벅.

소혼은 자리에서 일어났다.

입고 있는 옷의 감촉이 낯설었다. 처음에 들어올 때 입은 옷이 아닌, 독망의 가죽과 인면지주의 실을 한데 엮어 만든 옷이었다.

전체적으로 삼(杉)의 느낌이 나는 옷으로, 전포(戰袍)로도 보였다.

시고가 일전에 잡았던 독망으로 짜준 것이다. 오랫동안 바깥세상과 단절되어 있어도 시고는 천하를 유랑할 때 옷을 기워 입던 때의 감각을 잃지 않았다.

웬만한 칼에는 상해를 입지 않고, 몸을 움직이는 데에도 불편함이 없었다.

소혼은 코를 골며 자고 있는 시고를 향해 절을 올렸다.

구배에 이르렀을 때에 입을 열었다.

"다음에 돌아올 때까지 만수무강하십시오. 당신께서 살아 계셔야 제가 제대로 된 효도를 할 수 있지 않겠습니까?"

소혼은 마지막 구배를 올린 후 돌아서서 공동을 빠져나갔다.

소혼이 사라진 후 시고가 눈을 떴다.

"늙은이에게 효도를 다할 테니 그때까지 살아 있어라? 하! 이것참, 좋은 것을 가장한 노골적인 협박이로구나. 그래, 네 놈이 돌아올 때까지 살아 있으마. 몸 건강히 잘 다녀오너라."

시고는 다시 조용히 눈을 감았다.

"여긴가……?"

소혼은 하나의 문 앞에 섰다.

암연동에 들어오고 나서 무간뇌옥 안으로 자신을 인도하던 그 문이었다.

소혼은 손으로 문을 쓰다듬었다.

양각으로 새겨진 무간뇌옥이라는 네 글자가 손끝에 느껴졌다.

"나가볼까……."

소혼은 도갑에서 분천을 뽑아 들었다.

분천일도, 일도참(一刀斬)이었다.

서걱!

쿠르르르.

대각선으로 길게 선이 그어지며 단단하게 봉인되었던 문이 한쪽으로 무너지기 시작했다.

"어라? 이게 무슨 소리지?"

암연동의 문을 지키고 있던 허위는 귀를 때리는 소리에 고개를 갸웃거렸다.

마인들에게 공포의 대상인 암연동이지만, 정작 암연동을 지키는 보초병들은 늘 따분해했다. 공포는커녕 아무런 일도 생기지 않으니 따분하기 그지없는 것이다.

그러다가 이상한 소리를 들었으니 호기심을 갖는 것은 당연했다.

하지만 다른 문지기인 종리추가 핀잔을 던졌다.

"무슨 소리긴 무슨 소리야. 그냥 쥐새끼 한 마리가 얼씬거리는 거겠지. 신경 쓰지 마."

"그래도……."

"내가 여기 보초를 몇 년이나 섰는 줄 아냐? 삼 년 전에 소교주가 들어가신 이후로 아무런 일도 생기지 않았다. 그냥 신경 꺼."

허위는 결국 고개를 갸우뚱거리면서 다시 제자리에 섰다.

쿠르르르.

하지만 이제는 소리뿐만이 아니었다. 디디고 있던 땅이 흔들렸다. 그제야 종리추도 일의 중요성을 알아챘다.

"이게 뭐야?!"

"거봐. 내 말이 맞지? 이상하다니까!"

"백 년 전에 갇혔다는 대마인이라도 나오는 거야?!"

종리추와 허위가 발을 동동 굴릴 때, 굉음이 터졌다.

펑!

암연동 입구 바깥쪽으로 거대한 먼지바람이 일었다.

허위와 종리추는 콜록콜록 기침을 해대면서 한 눈을 질끈 감고 입구 쪽을 보았다. 갑작스런 지진과 폭발 소리, 그리고 먼지바람은 그냥 생길 수 있는 일이 아니었다.

저벅저벅.

그때에 누군가가 암연동 밖으로 나왔다.

먼지구름 사이로 한 남자가 보였다. 검붉은 빛깔의 전포와 눈가에 두른 건이 인상적이었다.

서 있는 것만으로도 사방을 압도하는 기세에 허위와 종리추는 숨이 턱하고 막히는 느낌이었다.

'소교주……?'

허위는 정마대전 시 멀리서 보았던 소교주와 남자가 겹쳐 보인다고 생각했다.

"지금이 몇 년이지?"

"네… 네?"

"정덕(正德) 몇 년이냐고 물었다."

"지금은 무종이 승하하고, 가정(嘉靖)이라는 연호를 사용합니다만……."

"가정?"

처음 듣는 황제의 이름에 소혼은 인상을 찌푸렸다. 하지만 곧 재차 질문을 던졌다.

"소교주가 갇힌 후 몇 년이 흘렀나?"

"삼 년… 삼 년이 흘렀습니다……."

소혼은 침음성을 흘렸다.

"벌써 삼 년이나 지났나? 세월은 정말 빠르구나."

소혼은 작게 탄식을 흘린 후, 도갑에서 도를 뽑아 젖혔다.

스르르릉!

차가운 금속음과 함께 새하얀 도신이 모습을 드러냈다. 환도라고 하기엔 크고 태도라 하기엔 작은, 애매한 크기의 예도였다.

도파에 힘을 싣자 도신 위로 붉은색 광염(光焰)이 새겨졌다.

팟!

소혼은 분천도를 들어 그대로 대각선 방향으로 그어버렸다.

화르르륵!

도첨에서 화염이 솟구쳤다. 광염은 하늘을 날아 암연동 일대를 지키고 있는 마도루를 때렸다.

쾅!

마도루는 단숨에 으스러지며 겁화와 함께 화르륵 타올랐다.

저벅저벅.

소혼은 겁화 속으로 발걸음을 옮겼다. 불꽃이 그의 몸을 감쌌지만 개의치 않은 표정이었다.

허위와 종리추는 멍한 표정으로 소혼의 뒤를 바라보았다. 불길이 내뿜는 검은 연기가 그들 머리 위로 지나갔다.

쾅!

불길이 치솟았다.

파란 하늘을 검게 물들인 화마는 전각을 다 집어삼키는 것으로도 모자라 옆으로 옮겨 붙어 그 크기를 더했다.

소혼은 그 사이사이를 걸으며 쉴 새 없이 분천도를 휘둘렀다.

퍼어어엉!

분천도가 움직일 때마다 화마가 일었다.

몸 안을 감도는 열양공은 분천도 밖으로 나와 화마가 되었다. 유성우처럼 떨어지는 불꽃은 한낱 삼류 무인들이 막기엔 너무나 크고 강렬했다.

와르르르!

발길을 내딛는 곳에는 어김없이 화염이 꽃피었다.

소혼은 화마의 열기를 느끼지 못했다. 독망 가죽으로 만들어진 전포 역시 타지 않았다. 그는 불길이 난 길을 따라 저벅저벅 걸었다.

그의 머릿속은 오로지 모든 것을 태우겠다는 생각밖엔 없었다.

칼을 휘두를 때마다 번쩍이는 광염은 모든 것을 집어삼켰다.

분천이도 광염사도(光焰邪刀)였다.

"아직 멀었어. 더… 더…….."

무언가에 홀린 사람처럼 길을 걷던 도중에 갑작스런 화마에 놀라 뛰쳐나온 무사들과 조우했다. 그들은 소혼의 주위를 빙 둘러싸며 소리쳤다.

"너는 누구냐! 어느 안전이라고 감히 본 교에 위해를 가하는 것이냐!"

소리친 자는 검치태랑(劍齒太狼) 길치영이었다. 소혼을 둘러싼 이들은 검치대(劍齒隊). 호교전 소속의 부대였다.

소혼은 고개를 들어 길치영 쪽으로 향했다.

길치영은 몸을 움찔거렸다.

상대가 건으로 두 눈을 가린 맹인인 줄은 상상도 못했다. 하지만 놀라움도 잠시, 교에 위해를 가하는 자는 맹인이든 교주든 용서치 않았다.

"다시 묻겠다! 너는 누구며, 무슨 저의로 본 교에 위해를 가하는 것이냐?"

소혼은 길치영을 계속 바라보았다. 두 눈은 감고 있지만, 심안은 그가 누구인지 알려주었다.

"태랑 길치영?"

길치영은 아미를 구겼다.

"나를 잘 아나 보지? 하지만 그것으로 철수할 생각은 추호도 하지……."

"많이 강해졌군. 옛날과는 비교도 할 수 없을 정도야. 역시 세월이 무섭긴 무섭군."

이마의 골이 더욱 깊어졌다. 옛날 운운하며 말을 놓는 것으로 보아 자신을 잘 아는 사람인 듯싶었는데, 그의 기억에는 저런 특징을 가진 남자가 없었기 때문이다.

건으로 눈을 가리고 있지만, 전체적으로 사내의 나이는 많이 잡아도 스물 중반을 넘기지 않은 것 같았다.

이미 서른을 바라보고 있는 길치영이라 인상은 더욱 구겨질 수밖에 없었다. 나이도 어린 것이 세월을 운운하고 있으니 기가 막힐 노릇이었다.

'그런데 분명 어디선가 많이 본 듯한 느낌이란 말이지?'

길치영은 곧 상념을 떨쳐 버렸다.

'상관없겠지.'

그러던 찰나, 다시 소혼이 입을 열었다.

"그새 나를 잊었나? 검을 가르쳐 달라며 뒤따라오던 때가 엊그제 같은데 말이다."

"검을… 가르쳐 줘……?"

일순, 누군가의 그림자와 사내가 맞물렸다. 더 어려진 듯하지만, 주변을 압도하는 패기는 아무나 가질 수 있는 게 아니었다.

"소… 교주… 이십니까?"

"소교주라니요?"

"그럼 저분이 사도수 비연……?"

"소교주는 암연동에 갇혔다고……!"

검치대가 일제히 술렁이기 시작했다. 길치영은 그들을 아랑곳하지 않고 소혼에게 물었다.

"정녕 소교주이십니까?"

"그렇다."

소혼의 대답은 짧았다. 하지만 그것으로도 충분했다. 소교주. 모든 마인들의 우상이었던 남자가 확실했다.

길치영은 한쪽 무릎을 꿇으며 외쳤다.

"천마군림(天魔君臨)! 정도앙복(正道仰伏)! 마마세(魔魔歲)! 마마세(魔魔歲)!"

'마마세'는 교주와 그의 후계자에게만 쓸 수 있도록 지정된 칭호다. 길치영은 삼 년 만에 돌아온 소교주를 적도로 간주하지 않고 주인으로 인정한 것이다.

"길치영은 당장 행동을 멈추라. 나는 이제 더 이상 너희들의 소교주가 아니다."

"그래도 저에게 당신은 소교주이십니다!"

"나는 그 자리를 버렸다. 비연이라는 이름도 같이 버렸다."

"하지만……!"

"내가 아직도 스스로 소교주라고 생각했다면 이런 짓을 저지르지는 않았겠지."

길치영은 그제야 이 화마의 원흉이 소교주라는 것을 깨달았다. 모든 무공을 잃고 무간뇌옥에 갇혀 죽은 줄로만 알려졌던 소교주는 이렇게 더 강해진 모습으로 돌아왔다.

"한 가지만 여쭈겠습니다."

"말하라."

"한때 본 교의 소교주였던 당신이 어째서 이런 짓을 저지르는 것입니까?"

검치대는 풀었던 긴장을 다시 곤추세웠다. 이 대답으로 말미암아 상대가 적인지 아군인지 결정되는 것이다.

"진성을 베기 위해서다."

"신마맥주를… 말씀이십니까……?"

"진성이 신마맥주가 되었나? 여하튼 나는 진성이 필요하다. 하지만 그를 찾긴 힘들지. 그래서 저질렀다."

"단순히 그 이유 때문에……?"

"말했지만 나는 이제 더 이상 소교주가 아니다. 원한만 갚으면 그냥 돌아갈 것이니 진성을 내놓아라."

"신마맥주는 이곳에 계시지 않습니다."

"뭐?"

"신마맥주는 역천맥주와 환도맥주, 그리고 마화 아가씨와 함께 중원 유람을 가셨습니다."

"……"

마화는 그의 연인이었던 유수연을 의미했다. 진성을 베고 나서 그녀를 데리고 중원으로 건너가려고 했건만. 원수와 연인 둘 모두가 이곳에 없었다.

하지만 다행히 하늘은 원수를 모두 보내지 않았다.

"천겁맥주가 이곳에 있나 보지?"

"그렇… 습니다."

"그가 있는 곳으로 안내해라."

길치영은 잔뜩 기감을 곤두세웠다.

"그를 베려고 하십니까?"

"그렇다. 반세맥을 제외한 오대수는 모두 나의 적이다."

"……!"

삼 년 전, 마교제일후기지수라 불리던 오대수는 비연을 제외하곤 모두 각 일맥의 종주가 되었다.

그들이 적이라는 뜻은 반세맥을 제외한 모든 마교 인력을 적으로 돌리겠다는 것과 똑같은 소리였다.

"안내해 드릴 수 없습니다."

"어째서?"

"당신으로 말미암아 교를 혼란으로 몰고 갈 수 없습니다."

소혼은 잠시 말을 잇지 않았다. 하지만 곧 음산한 목소리로 입을 열었다.

"치영, 제아무리 너라고 하더라도 나를 가로막는다면 베겠다. 이제 난 더 이상 마교도가 아니다."

"뜻대로 하십시오. 하지만 본 교에 계속 위해를 끼치겠다고 하신다면 저희 역시 한때 주인이었던 당신을 베겠습니다."

한 명은 원수를 갚기 위해, 다른 한 명은 교를 지키기 위해 갈라졌다.

처처처척!

길치영의 신호에 따라 검치대는 일사불란하게 움직였다. 호교전이 자랑하는 일마검진이었다.

소혼은 분천도에 기를 불어넣었다.

쩌어어엉!

맑은 도명과 함께 도신 위로 붉은 줄이 생겨났다.

소혼은 일 보를 밟아 미끄러지듯이 달려들었다. 분천도가 아래에서 위로 솟구쳤다.

팟!

광염과 함께 일검이 맞부딪쳤다. 도신을 타고 흐르는 뜨거운 열기가 불꽃을 뿜어냈다. 소혼은 진보를 밟으며 앞으로 밀어붙였다.

쾅!

분천도는 시뻘건 화염을 토했다. 강렬한 기파와 함께 단숨에 두 명의 검치대원이 겁화에 휩싸여 재가 되어 사라졌다. 비명은 없었다. 하지만 영혼의 울음소리는 있었다.

광염사도를 펼치면서 도를 휘둘렀다.

분천도는 부딪치는 족족 검들을 단숨에 격파해 나갔다.

쉐에에엑!

강하게 진각을 밟아 중심을 잡았다. 도를 한차례 옆쪽으로 휘두르자 화염이 소용돌이쳤다.

검치대의 검진은 오래가지 못했다. 진을 갖추기 위해서는 음양오행의 이치대로 움직여야 하지만, 분천도가 내뱉는 불길이 그들 사이를 족족 갈라놓는지라 진을 유지하기가 힘들었다.

더군다나 섬광처럼 빠른 일도를 막는 것도 힘들었다. 무언가 번쩍이는 것을 느낄 때엔 이미 목은 몸뚱어리와 분리되고 있었다.

일도를 어떻게 막는다 하더라도 도신을 타고 흐르는 화마의 열기에 몸이 말을 듣지 않았다.

강기와 화마. 이 두 개가 검진의 움직임을 철저하게 막아놓았다. 검진의 이점을 잘 활용하지 못하는 것이다. 결국 길치영은 산개를 명령할 수밖에 없었다.

"전원 산개! 뭉치지 말고 최대한 떨어져라!"

뭉쳐 있으면 화마에 같이 휩쓸리기 때문에 한 소리였다. 하지만 길치영은 이것이 되레 독으로 작용할 줄 몰랐다.

퍽!

산개하여 뿔뿔이 도망치는 무인들의 머리 위로 화구가 떨어졌다.

저마다 검을 휘둘러 화구를 떨쳐 내려 했지만, 불길은 쉽게 사그라들지 않았다.

소혼은 그들 사이를 종횡무진 누비며 시뻘겋게 달아오른 분천도를 쉴 새 없이 휘둘렀다.

푹!

챙그랑!

목에 분천도가 박힌 마인은 소혼에게 무슨 말을 하려 들었다. 하지만 곧 화마가 그의 몸을 집어삼켜 시체조차 남기지 않았다.

벌써 팔십에 가까운 숫자를 베고도 도신에는 핏방울 한 점 묻어 있지 않았다.

오히려 순백색 위로 분홍 빛깔로 빛나는 것이 묘한 아름다움을 연출했다.

"당신… 당신을 따르던 수하들이 아닙니까……?"

마교의 무인들은 모두 소교주를 좋아했다.

삼십 년 동안 벌어진 정마대전. 밑도 끝도 없는 그 전장을 항상 승리로 이끌었다. 그때에 소교주는 늘 전면에 서서 무인들과 함께했다.

삼 년이 지난 지금까지도 마인들의 가슴속에 소교주는 영원한 우상이었다. 하지만 돌아온 소교주는 그런 수하들을 가차없이 베어 넘겼다.

소혼은 가만히 길치영을 보며 입을 열었다.

"혁리천화가 죽었다."

"무슨……?"

"유 매의 오라비이자 나에겐 오른팔이나 다름없었던 성하가 죽었다. 홍원이 나를 지키려다가 목숨을 잃었다. 나를 호위하던 호신대가 전멸했다. 누가 그렇게 만들었는지 아느냐?"

"그, 그것이 설마……!"

"그렇다. 오대수. 그들이 그랬다."

비연은 반세맹을 대표하는 오대수였다. 하지만 그는 다른 네 명과는 사이가 좋지 않았다. 그들과 함께하기에 비연이라는 존재가 너무나 뛰어난 탓이었다.

결국 그들은 시기심에 눈이 먼 나머지 그를 함정에 몰아넣었다.

진성이 가장 앞장섰고, 채홍련이 머리를 굴렸으며, 유현이 함정을 팠고, 고연대가 모든 것을 저질렀다.

"그들을 모두 베기 전에는 내 도에서 피가 마르지 않을 것이다."

"그렇군요……. 하지만 저는 당신을 이대로 둘 수 없습니다."

"안다. 호교전의 임무는 교의 안위가 아니더냐."

"알아주시니 고맙습니다."

길치영은 남은 수하들과 함께 소혼에게 달려들었다. 길치영의 검이 길게 울음을 터뜨렸다. 소혼은 광염을 더욱 시뻘겋게 태우며 그들을 베어 넘겼다.

화르르륵!

타오르는 불길 위로 시꺼먼 연기가 치솟았다.

아직 복수는, 시작조차 하지 않았다.

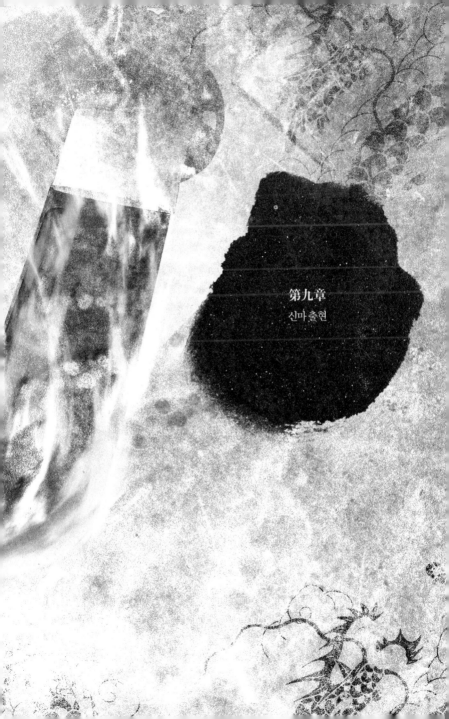

第九章
신마출현

神刀無雙
신도무쌍

마교에 비상 계엄령이 떨어졌다.

정체를 알 수 없는 한 괴인의 등장과 함께 전각들이 일제히 무너진 것이다.

그뿐만이 아니었다. 괴인을 진압하기 위해 나선 검치대가 전멸했다. 마랑대, 호무대가 연달아 분사했다.

이를 보다 못한 호교전의 제일무단 무천단(武天團)이 나섰다. 삼백 명의 소수 정예로 이루어져 있는 그들은 정마대전 때에 청성파의 송학검대를 무찌르면서 이름을 드높인 전적이 있었다.

숫자로도, 질적으로도 앞서 싸웠던 검치대나 마랑대와는

비교도 할 수 없었다.

하지만 소혼 역시 그때와는 전혀 달랐다.

검치대를 상대할 때보다 배의 힘을 드러냈다.

쿵!

분천도를 한차례 휘두르자 거대한 열풍이 불었다. 가까이 있는 것만으로도 화상을 입을 수 있는 열기였다.

무천단원들은 일제히 산개했다. 열풍의 범위에서 최대한 떨어지려는 속셈이었다.

소혼은 보법을 밟아 단숨에 그들을 제쳤다. 동시에 칼바람이 일며 그들의 등 뒤를 휩쓸었다.

좌아아악!

등허리가 갈라지며 화마가 몸 전체를 감싼다. 분천도가 닿는 칼바람 사이사이로 부는 열풍은 대지마저 녹일 정도로 뜨거웠다.

화르르륵!

도에 붙은 열기가 한차례 회전하며 올랐다. 분천삼도 열권풍(熱卷風)과 함께 회오리가 일었다.

콰르르릉!

소혼이 딛고 있던 땅을 중심으로 거대한 와류가 형성되었다. 무천단원 중 몇몇이 휘말리긴 했으나, 재빨리 퇴보를 밟아 범위에서 벗어날 수 있었다.

하지만 분천도는 한 번 정한 먹이를 절대 놓치는 일이 없다는 것을 그들은 아직 깨닫지 못했다.

불길을 휘감은 회오리 바깥으로 다시금 열풍이 불었다. 날카로운 예기를 지닌 칼바람이었다.

"제길! 최대한 멀리 흩어져!"

무천단주 구주성은 목에 핏대를 세우며 외쳤다. 놈을 죽이는 것은 나중의 일이다. 지금은 놈에게서 최대한 멀리 떨어져야 했다.

'인간이 아니야……!'

도무지 놈에게 접근할 방법이 떠오르지 않았다. 도가 스치는 곳마다 열풍이 불어 몸을 단숨에 불사르니 접근을 할 엄두가 나지 않은 것이다.

쉬시시싯!

구주성의 명대로 무천단원들은 최대한 소혼에게서 떨어지려고 했다.

열권풍이 일기 전에 이미 소혼의 마수에서 벗어날 길이 없다는 것을 본능적으로 깨달았지만, 그래도 최대한 조금이라도 더 목숨을 부지하고 싶은 것이 인간의 본능이었다.

소혼은 칠보환천(七步幻天)을 밟아 단숨에 간격을 좁혔다.

아버지 시고로부터 전수받은 강신도결을 그에게 맞게끔 새로 각색해 낸 보법이었다.

비록 경공술로는 사용하지 못하지만, 보법 안에 기환술을 섞어 넣음으로써 접근전의 묘미를 최대한 살렸다.

일곱 걸음이면 하늘이 변한다. 적은 걸음걸이로 적들을 현혹시켜 단숨에 베어버리는 절기였다.

팟!

소혼의 몸이 살짝 뒤틀리는 느낌과 함께 신형이 사라졌다. 무천단원들이 그를 찾고자 했을 때, 이미 소혼은 그들을 후미에서 맞이하고 있었다.

분천도가 다시 불길을 토해냈다.

화르르륵!

분천이도 광염사도와 함께 하얀 불꽃이 대지와 바람을 따라 흘러갔다.

쉭!

일도참으로 단숨에 적들을 베는가 싶으면, 그 뒤로 다시 광염이 치솟아 사람들을 집어삼키고자 했다.

게다가 도깨비의 허상 놀음처럼 곳곳에 나타나 분천도를 휘두르니 피할 재간이 없었다.

콰득!

일도참과 함께 또 한 명의 목이 공중으로 날아올랐다. 피가 위로 튀었지만 곧 열기에 의해서 증발했다.

소혼은 분천도를 아래로 늘어뜨리며 남은 무천단원들을 바라보았다.

남은 숫자는 오십. 처음 무천단원들의 숫자가 삼백이었다는 것을 감안한다면 학살이라고 해도 과언이 아니었다.

"……!"

구주성은 아랫입술을 깨물었다.

살아남은 수하들조차 몸이 성한 이가 없었다. 모두 칼바람에 사지 중 어느 한 군데가 베이거나 열기에 화상을 입어 고통을 표했다.

"대체… 원하는 것이 무엇이오?"

구주성은 더 이상 놈과 싸우는 것은 무리라고 생각했다.

다른 무단들과 협조하여 공격한다고 하더라도 오히려 더 큰 피해만 확산시킬 뿐, 제대로 된 진압은 어렵다고 봐야 했다.

'어쩌면 저자는 신주삼십이객과 맞먹을지도 모른다. 교주께서 나서지 않는 이상에는 힘들어.'

강호의 절대자라 불리는 육제, 그리고 그 밑에서 전성기를 구사하고 있는 신주객들.

만약 자신의 추론이 맞는다면 그들 정도의 고수 수백 명이 달려든다고 해도 이길 가능성은 전무했다.

"내가 원하는 것은 단 하나다."

"무엇이오?"

"고연대의 목. 그리고 진성을 비롯한 다른 오대수의 위치."

"정말… 그것뿐이오……?"

"나 또한 마교와 싸우고 싶은 생각은 없다."

구주성은 바득 이를 갈았다.

"천겁맥주의 목을 원하는 것부터가 이미 본 교를 적으로 돌리는 것과 같음을 모르시오?!"

"그렇다면 벨 뿐이다."

소혼은 분천도를 구주성에게로 겨누었다.

"길을 막는다면 벤다."

"이⋯⋯!"

구주성은 분노를 표했다. 괴인이 원하는 것은 결국 반세맥주 혁리빈현을 제외한 다른 오대수들을 의미한다. 그것은 이미 마교와 척을 지겠다는 것과 똑같은 소리다.

"더 이상 할 말이 없는 것 같군."

소혼의 일부러 자신의 정체를 밝히지 않았다.

소교주라고 밝혀봤자 혼란만 가중시킬 뿐이다. 이미 자신은 사부를 해했다고 하여 마교의 공적으로 낙인찍힌 자. 오대수의 목만을 가져가겠다고 해도 이미 마교는 자신과는 다른 길을 걷기 시작했다.

"다시 재기하실 생각은 없으십니까?"

무간뇌옥에 들어가기 전에 한 마인이 그에게 물은 말이다. 그때 소혼은 그럴 생각이 없다고 답했다.

이미 나락으로 떨어졌던 때부터 소혼의 마음속에서 마교

는 지워졌기 때문이다. 사부를 위험에 빠뜨리고, 소중한 이들을 죽게 만든 마교를 마음에 담을 수는 없었다.

비록 정체를 알 수 없는 자들의 함정에 빠진 것이라 하더라도 죄가 사라지는 것은 아니었다.

그래서 소혼은 굳게 다짐했다.

한때 자신이 몸담고 이끌었던 교는 이제 없다. 그는 비연이 아닌 소혼이다. 마교의 소교주가 아닌, 제일마 시고의 아들이다.

그러니 앞을 가로막는 이가 있다면 벨 뿐이었다.

화르르륵!

분천도의 도첨 위로 광염이 다시 치솟았다. 도신 전체가 화마의 불길에 휩싸였다.

"베겠다."

구주성은 수하들에게 소리쳤다.

"최후의 한 명이 살아남을 때까지 우리는 분투한다! 일마 검진을 펼쳐라!"

"존명!"

처처처척!

자로 잰 듯이 그들은 눈 깜짝할 사이에 검진을 갖추었다.

소혼은 가만히 도를 치켜세우며 칠보환천을 밟았다.

샤아아악.

빠른 움직임과 함께 열풍이 불었다. 일도참으로 단숨에 두 명의 목을 날려 버리고 광염을 붙여 화마의 소용돌이를 일으켰다.

콰르르릉!

삽시간에 다섯 명의 목숨이 사라졌다. 하지만 그 희생으로 말미암아 무천단은 공격의 기회를 얻을 수 있었다.

"검격(劍擊)!"

네 방위와 위아래, 육합에서 모두 달려들었다. 소혼은 광염을 휘둘러 열권풍을 일으켰다. 불꽃의 소용돌이와 함께 검과 인간의 몸이 통째로 녹아내렸다.

"이때다!"

하지만 기회는 이럴 때 찾아오는 법. 열권풍 사이로 몸을 던진 이가 있었다. 그는 소혼의 심장을 노렸다.

소혼은 퇴보를 밟아 최대한 몸을 비틀었다. 다행히 검은 심장을 피해 왼쪽 팔뚝 위를 살짝 스쳤다.

콰득!

그의 몸에 상처를 낸 이는 일도참과 함께 으스러졌다.

"피라⋯⋯."

매화백검수와 싸울 때에도 상처 하나 입지 않았건만, 그때보다 실력이 훨씬 증진한 지금에 상처를 보게 될 줄은 몰랐다.

'역시 본 교의 무단은 강하군.'

소혼은 마교를 자신의 문파처럼 '본 교'라 지칭한 것을 깨닫지 못한 채 다시 광염을 휘둘렀다.

쾅!

이번 일도의 여파로 살아남은 숫자는 스물. 그사이에 또 서른 명의 아까운 목숨이 사라졌다.

소혼은 주위를 쭉 훑어보았다.

구주성은 이를 갈며 소혼을 노려보았다. 눈빛만으로 사람을 죽일 수 있다면 이미 수십 번이고 죽였을 터이다.

잠시간의 대치. 소혼은 마무리를 위해 몸을 움직이려 하였다. 하지만 누군가의 등장으로 말미암아 그의 공격이 늦춰졌다.

챙!

등허리에서 느껴지는 살기에 소혼은 재빨리 몸을 돌려 공격을 튕겨냈다.

"오, 제법인걸."

"아이야, 여기에도 있다!"

"……!"

기습을 가한 것은 길게 휘어진 조(爪) 형태의 병기였다. 기병의 소유주는 백의를 입은 노인이었다. 그때 또 다른 공격이 위에서 가해졌다.

회리리릭.

소혼은 분천도를 위로 튕겨 올렸다.

팡!

기파가 터지면서 몸이 밀려났다.

기습을 가한 흑의인은 곡예단의 사람처럼 가볍게 공중제
비를 돌며 땅에 착지했다. 병기는 조(釣). 기다란 은사가 인상
적인 낚싯대였다.

"음양쌍마(陰陽雙魔)……."

"오, 우리를 아는군?"

"정마대전 이후로 나설 일이 없어서 강호에서 잊혀진 줄로
만 알았는데 알아보는 사람이 있었어. 낄낄."

백의인과 흑의인은 같이 낄낄거렸다. 음양쌍마. 백의와 흑
의를 입으며 한 명은 기다란 갈고리 모양의 조로 근접전을 펼
치고 다른 한 명은 낚싯대로 장거리전을 펼쳐 연수 합격의 최
고봉이라 불리는 마인들이다.

칠년지약이 맺어진 직후에 장로로 승격되어 장로원에 거
하고 있던 그들이 이곳에 나타난 것이다.

"엉큼한 노인들이라는 건 잘 알지."

실력은 뛰어나지만 하는 짓은 더럽고 구역질나는 일이 많
아서 당시 소교주였던 소혼은 그들을 싫어했었다.

"뭐, 엉큼? 이놈이 죽고 싶어서 환장했나!"

"양마! 저놈을 살려둘 필요는 없지 않아? 우리가 확 죽여
버릴까?"

그들이 이를 갈면서 소혼에게 달려들려던 찰나, 누군가가
나타나 음양쌍마를 말렸다.

"잠시 자리를 비켜주시오."

화마 사이로 한 사내가 모습을 드러내자 음양쌍마가 빙긋 미소를 지으며 자리를 비켜주었다. 살아남은 무천단원들도 고개를 숙이면서 경의를 표했다.

"고연대……."

소혼은 그의 이름을 나지막하게 불렀다.

"나를 잘 아는가?"

고연대의 물음에 소혼은 흐릿하게 미소를 지었다.

"모를 리 없지. 너를 죽이기 위해서 유부(幽府)에서 살아 돌아왔으니까."

"유부? 살아 돌아와?"

고연대는 인상을 찡그렸다. 알 수 없는 말들이었다. 하지만 곧 그의 인상이 다시 펴졌다.

"무슨 소리인지는 모르겠지만 일단 나를 안다니 다행이군. 눈이 봉사라도 사람 구분은 할 수 있나 보지?"

"그 목소리는 절대 잊을 수가 없거든."

"웃기는군. 네가 누군지는 모르겠지만 이곳은 신성한 본교의 성터다. 무슨 억하심정으로 이런 짓을 저지르는지는 몰라도 일을 저질렀으니 절대 살아 돌아갈 수 없을 것이다."

"살고 죽고는 내가 결정한다."

"과연 네 뜻대로 될까? 너, 이름이 뭐지? 죽기 전에 이름 정도는 들어주마."

"내 이름은……."

일순, 소혼의 신형이 바람에 묻혀 사라졌다. 다시 나타난 곳은 바로 고연대의 눈앞이었다.

휙!

일도참과 함께 분천도가 내려왔다.

"…저승에 가서 염왕에게 물어봐라."

"위험하오, 맥주!"

백의인 양마가 재빨리 팔을 길게 뻗어 분천도를 막아냈다. 양마의 애병 혈조(血爪)의 네 손가락이 부러질 쯤에야 고연대는 뒤로 피할 수 있었다.

한순간에 목숨을 잃을 뻔했다. 고연대가 놀라 말을 이루지 못한 사이에 흑의인 음마가 낚싯대를 휘둘렀다.

휘이이잉.

낚싯대가 채찍처럼 구부러지며 실타래가 풀어졌다. 인면지주의 실을 꼬아 만든 은사가 하늘을 수놓았다. 그와 함께 은사 끄트머리에 달린 혈표(血鏢)가 날았다.

소혼은 일도참으로 은사를 베어버리고자 했다. 하지만 은사는 되레 부드럽게 도신을 안으며 안쪽으로 묶였다.

"잡았다! 월척이야!"

움직임이 봉해진 것을 확인한 음마가 소리치자, 양마가 하나 남은 손톱을 길게 내뻗었다.

"감히 내 혈조를 부러뜨리고 맥주에게 위해를 가한 죄, 죽음으로 보상받겠다! 낄낄낄!"

도신이 은사에 의해 묶였다. 병기를 쓸 수 없다는 것은 무인에게 큰 독이나 마찬가지다. 혈조는 금방이라도 소혼의 몸뚱어리를 훑고 지나갈 것 같았다.

하지만,

"미친 소리를 하는군."

화르르륵!

분천도에서 광염이 치솟아 오르며 도신을 휘감은 불길은 은사를 따라 무서운 속도로 낚싯대를 향해 달려갔다.

"으아아악! 내 낚싯대가……!"

음마가 놀라 소리를 치는 사이, 도신을 묶고 있던 은사가 단숨에 녹아내렸다. 소혼은 분천도를 그대로 휘둘렀다. 분천 삼도 열권풍이었다.

펑!

대지를 찢어발기는 무거운 칼바람이었다. 열풍은 단숨에 하나 남은 양마의 손톱마저 부러뜨렸다.

샤락!

칠보환천을 밟자 공간이 뒤틀렸다. 분천도를 앞으로 쭉 내밀자 그 위로 다시 광염이 불었다.

화마는 단숨에 공간을 장악해 양마를 가두어 버렸다.

"뭐, 뭐야, 이건?!'

양마가 자신을 둘러싼 화마에 놀라 소리를 치는 동안, 어느새 일도참이 그의 등허리를 훑고 지나갔다.

촤아아악!

"이럴 수……!"

배 아래에서 느껴지는 화끈한 느낌과 함께 다시 얼굴에 무언가가 튀었다. 분천도가 양마의 머리를 반으로 쪼갠 것이다.

"양마!! 네놈이 내 친구를……!"

삼십 년 지기 친구의 죽음에 음마는 낚싯대의 은사를 더 길게 풀었다.

휘이이잉.

소혼은 다시 칠보환천을 밟았다. 공간이 뒤틀리는 듯한 착각과 함께 어느새 분천도는 음마의 낚싯대를 반으로 쪼개고 있었다.

"네 친구가 있는 곳으로 가라."

다시금 열권풍이 불었다.

콰르르릉!

음마는 양마와 달리 시체조차 남기지 못하고 화마에 휩쓸려 녹아내렸다.

소혼은 음마의 죽음도 확인하지 않고 재빨리 고연대와의 간격을 좁혔다. 번쩍임과 함께 일도참이 날아들어 고연대의 팔을 날렸다.

푸우우우!

"으아아아악!"

고연대는 허무하게 날아간 자신의 오른팔을 보며 비명을

토했다. 아팠다. 뜨거웠다. 몸이 타들어가는 고통을 비명으로밖에는 해소할 길이 없었다.

눈 깜짝할 사이였다. 대단한 수신위로 믿었던 음양쌍마가 단숨에 불꽃에 녹아 한 줌의 먼지가 되는 것을 멍청하게 보고만 있어야 했다.

소혼은 어느새 고연대의 목 위로 분천도를 가져다댔다.

"네놈! 대체 누구냐!"

"내가 누굴까?"

"이런 미친⋯⋯!"

"말 함부로 하지 않는 것이 좋을 거다."

분천도가 더 깊게 파고들었다. 아직 식지 않아 뜨거운 열기를 자랑하는 도신 위로 고연대의 피가 흘러내렸다.

"살인에 미친 늙은이들을 수호위로 삼았을 줄이야. 거래라는 것을 모르는 고연대도 많이 부드러워졌나 보군."

"미친 소리 마라!"

"그래, 기분은 어떠신가? 믿었던 수하들이 죽고 네 목숨까지 위태로운 지금."

"이런 일을 저지르고도 네놈이 살 수 있을 성싶으냐! 지금이라도 당장 도를 내리고 항복한다면 목숨만은 살려주겠다!"

"역시 입만 산 것은 예나 지금이나 똑같군."

소혼은 분천도의 칼끝을 세워 왼쪽 어깨를 찔렀다.

푹!

"크아아악!"

"아프다고 하지 마라. 소리도 지르지 마라. 네놈이 별것 아닌 아픔을 느끼는 지금과는 달리 유성하와 홍원은 아프다는 말도 하지 못하고 고통 속에서 죽었다. 네놈들의 비웃음 속에서… 그렇게 죽어갔단 말이다!"

"유… 성하……? 홍원……? 그렇다면 넌……?!"

"그 입으로 그들의 이름을 함부로 담지 마라!"

퍽!

분천도는 고연대의 남은 왼팔마저 앗아갔다.

"크아아아악!"

"맥주!"

그때 고연대를 부르며 일대의 무리가 달려왔다. 겁천단(劫天團). 천겁맥주의 수신위들이었다.

"기근성인가? 오랜만이군. 하지만 더 이상 다가오지 않는 것이 좋을 것이다."

소혼은 도첨을 고연대의 바로 목젖 앞에 두었다. 겁천단은 함부로 움직일 수 없었다.

"네 이놈! 감히 맥주에게 위해를 가하다니!"

"말을 조심하는 것이 좋을 거다. 그러다간 네놈들의 주인이 언제 죽을지 모른다."

"이……!"

소혼은 고연대 쪽으로 시선을 돌렸다.

"성하와 홍원을 함정으로 몰아넣었을 때, 네 손을 직접 더럽히기 싫다면서 기근성에게 홍원의 목을 베도록 시켰지? 유성하는 겁천단이 차륜전으로 죽이도록 했고."

"그것을… 어떻게……?"

"다 아는 길이 있다. 그 때문에 나는 저 시커먼 곳에서 이를 갈며 너희들을 죽일 날만을 기다려야 했다. 묻겠다. 진성과 다른 놈들은 어디에 있나?"

"큭! 왜? 진성을 죽이려고? 관두는 게 좋을 것이다. 네놈이 제아무리 강해졌다 한들 이미 진성은 괴… 크아악!"

"묻는 말에만 대답해라. 진성과 채홍련, 유현은 어디에 있지?"

"나도 모른다… 크으윽!"

"오대수의 움직임을 천겁맥주인 네가 모른다? 그게 말이 된다고 생각하나?"

"정말 모른단 말이다! 진성은 절대 남에게 자신의 흔적을 드러내지 않는다는 것을 모르는 것이냐!"

"그도 그렇군."

소혼은 계획을 전면 수정해야 했다. 고연대를 통해서는 진성의 행방을 알 수 없다. 아무래도 놈의 뒤를 쫓으려면 정보를 다루는 비각을 뒤흔들든가, 중원으로 넘어가 놈의 행방을 찾아야 할 듯싶었다.

"어쩔 수 없군."

소혼은 생각을 정리하며 겁천단이 있는 곳으로 왼손을 뻗었다.

"설마……?"

고연대가 경악을 지르려는 순간, 소혼은 싱긋 미소를 지었다.

"네가 생각하는 게 맞을 거다."

"피해라! 당장 피해!"

"맥주! 그것이 무슨 소리이시… 크아아악!"

기근성의 말이 끝나기 전에 소혼의 장심에서 화염이 터졌다. 분천삼도 열권풍을 장풍으로 바꾼 것이다.

화마는 겁화로 바뀌며 단숨에 겁천단을 집어삼켰다. 무천단을 벨 때 시간이 걸린 것과 다르게, 겁천단을 전멸시키는 것은 채 반의반 각도 되지 않았다.

화르르륵!

지옥의 불길은 겁천단을 시체조차 남기지 않고 모조리 삼켰다.

"으아아아……! 괴… 물……!"

눈앞에서 벌어진 도저히 인간으로서는 상상도 할 수 없는 일에 고연대는 몸을 떨었다.

마인보다 더욱 흉포한 자, 생명을 베는 데 절대 주저함을 가지지 않는 자, 적을 상대하는 데는 절대 인정을 남기지 않는 자, 그것이 바로…….

"비… 연……!"

"한때 그 이름으로 불린 적도 있었지. 하나 지금의 내 이름은 소혼이다."

소혼은 그 말을 끝으로 분천도를 휘둘렀다.

퍽!

고연대의 머리가 수박처럼 가볍게 쪼개졌다.

도신 위로 핏물과 뇌수가 튀었지만, 살짝 한 번 털어주자 분천도는 언제 그랬냐는 듯이 다시 순백색의 아름다움을 되찾았다.

"정녕 비연 소교주이십니까……?"

무천단주 구주성은 떨리는 음성으로 소혼을 불렀다.

소혼은 가만히 구주성을 바라보았다. 건으로 가려진 눈동자. 눈빛을 읽을 수는 없으나 그 뜻은 알 수 있을 것 같았다.

"그렇게 불린 적도 있다."

"당신이 어째서 이런 곳에 계시는 겁니까! 아니, 그보다 어째서 우리를……!"

"죽였냐고?"

"그렇습니다!"

"밝혀도 똑같으니까."

"네……?"

"내가 비연이라고 말한들 너희들이 고연대의 목을 순순히 내놓았을 것 같나? 아니다. 나는 이미 교의 공적. 고연대를 죽인다고 했으면 너희들은 어차피 나에게 칼을 겨누었을 것이다."

"그래도……!"

"그리고 이미 나는 비연이라는 사람을 잊었다. 그러니 너희들도 잊어라."

"……!"

구주성은 눈물을 흘렸다. 피눈물이었다.

"정녕 이 방도밖에는 없었습니까?"

"그렇다."

"저를 비롯한 많은 마인들이 당신을 그리워했는데도!"

"너희들이 그리워한 존재는 비연. 나는 그저 복수만을 갈망하는 낭인일 뿐이다."

"좋습니다! 당신이 정녕 그렇게 생각하신다면 저희들도 더이상 당신을 소교주로 인정하지 않겠습니다!"

구주성은 분기를 토했다. 무간뇌옥에 갇혔던 소교주. 그를 기리는 사람은 많았다. 하지만 돌아올 수 없는 길을 걸었기에 그는 전설이 되었다. 그리고 지금, 그 전설이 돌아왔다. 이전과는 많이 다른 모습으로.

소혼은 구주성을 스쳐 지나 계속 길을 걸었다. 화마 사이를 걷는 그를 잡는 사람은 아무도 없었다.

마교의 수많은 마인들이 객전에서 나와 소혼을 보았지만

그에게 달려들 생각은 하지 못했다. 그들 사이엔 너무나 압도적인 차이가 있었다.

"당신을… 우리 단원들을 죽인 당신을 기필코 내 손으로 죽일 것입니다……!"

구주성의 목소리를 뒤로하며 소혼은 길을 걸었다.

마인들이 물러서며 만들어준 길을 소혼은 묵묵히 지났다. 공포로 군림해야 할 마인들의 눈동자에 반대로 공포가 어려 있었다.

그리고 그 끝에는 다른 남자가 있었다.

"빈현, 오랜만이군."

혁리빈현. 비연이 실각되고 난 후 새로이 반세맹주에 올라 오대수가 된 인물이었다. 혁리빈현은 소혼을 보며 쓴웃음을 지었다.

"사형은 전과 많이 달라지셨군요."

"세상이 나를 이렇게 만들었다."

"분노에 가득 찬 자가 하는 변명이 세상을 탓하고 남을 탓하는 것이라고 하지요. 일단 저를 따라오시겠습니까?"

"어디로?"

혁리빈현의 눈동자 위로 슬픔이 스쳐 지나갔다.

"아버지… 사형에게는 사부가 되는 분이 계시는 곳으로요."

"……."

소혼은 묵묵히 혁리빈현의 뒤를 따랐다.

그들의 뒤를 시뻘건 화염이 배웅했다.

"신마(神魔)가 출현했다……."

누군가의 혼잣말이 적막에 잠긴 사위에 울려 퍼졌다.

*　　　　*　　　　*

소혼과 혁리빈현은 천원당을 지나 천마전 앞에 섰다.

마중마(魔中魔). 천 년의 유구한 역사를 자랑하는 천마신교의 주인이 거하는 곳이었다.

천마전을 본 소혼은 묘한 감정에 휩싸였다. 비록 눈으로는 보지 못하지만 심안으로 본 경관은 그에게 많은 것을 가져다 주었다.

사부가 고아였던 그를 데리고 와서 처음 무공을 가르쳐 주었던 곳. 소교주가 되어 교주를 배알할 때에 찾아온 곳이기도 했다.

"사부님은… 아직 살아 계시나?"

소혼은 대마종을 가리키며 '사부'라고 불렀다. 이름을 바꾸면서 마음속에서 마교는 버렸으나 사부는 버리지 못했다.

그에게 대마종은 친부, 시고와 더불어 그의 마음속에서 살아 숨 쉬는 아버지였다.

"아직 살아 계십니다만, 그것을 살아 있다고 할 수 있을지.

일단 들어오십시오."

혁리빈현과 소혼은 천마전 안으로 들어섰다.

호위무사들이 눈에 불을 켜고 소혼을 경계했지만, 혁리빈현이 그들을 모두 밖으로 내쫓았다.

수많은 문을 지나고서야 그들은 교주가 있는 방 앞에 설 수 있었다.

"안을 보고 놀라지 마십시오."

혁리빈현은 뜻을 알 수 없는 말을 하며 문을 열었다.

차가운 바람이 소혼의 이마를 때렸다.

내부가 보였다. 까맣게 칠해진 벽과 화려한 제단들이 있었다. 금과 은, 옥석으로 만들어진 호화 장신구들이 눈에 어렸다.

육제 중 최고라 불리는 마제(魔帝) 대마종(大魔宗)에 어울리는 방이었다.

그리고 그 밑으로 얼음 관이 보였다.

"사부… 님……?"

실내는 차가웠다. 팔방에 위치한 빙정이 실내의 온도를 차갑게 만들었다. 그 중심에는 얼음 속에서 대마종이 깊은 수면에 잠겨 있었다.

"사부님!"

소혼은 대마종 앞에 섰다.

마치 관에 누운 것처럼 대마종은 평온한 모습으로 얼음 속에서 숙면을 취하고 있었다.

"사형께서 놈들의 모함을 받아 암연동에 갇히신 이후 아버지는 빙정의 얼음 속에서 이렇게 지내고 계십니다."

삼 년이라는 세월이다. 아이처럼 해맑았던 혁리빈현이 어느새 대장부가 될 만큼의 시간이었다. 하지만 사부는 세속에서 벗어난 사람처럼 주름 하나 늘지 않았다.

"일어날 수는… 없으신 게냐……?"

"수많은 의원들이 다녀갔습니다. 그중에는 성수곡의 신의도 있었지만 모두들 고개를 저었습니다."

"아예 방도가 없다고 하더냐?"

"단검에 심장이 찔리신 것은 어떻게든 치료가 가능하지만, 그 심장에 스며든 독을 해독하지 못한다고 합니다."

"그 독이 무엇이냐?"

"당가의 무형지독(無形之毒)이라고 합니다."

"무형… 지독……?"

소혼은 채 말을 이을 수가 없었다.

아버지 시고의 말이 머릿속을 스쳐 지나갔다.

"아들아, 세상에 얼마나 많은 독이 있는지 아느냐?"

"개수를 헤아릴 수가 없다고 들었습니다."

"그렇다. 세상에는 무수히 많은 독이 있다. 강호에 기인이사가 모래알처럼 많듯이 독은 그보다 더 많지. 약한 미량의 독들을 잘 배합하기만 해도 극독이 될 수 있단다."

"그렇기에 독을 전문으로 다루는 문파가 사천당가, 독왕곡, 만독문 정도가 전부라고 들었습니다. 성수곡도 비밀리에 독을 개발한다고 들은 기억이 있습니다."

"그래. 그만큼 독은 관리하기가 힘들지. 하지만 말이다, 독이라고 해서 다 위험한 것은 아니다. 독인의 경지에 다다르면 그저 귀여운 맹물에 지나지 않기 때문이지."

"그럼……?"

"그래. 내가 그렇다. 이 아비는 독인이기에 웬만한 독에는 끄떡도 하지 않는단다. 낄낄낄!"

"……."

"하지만 그런 나라도 꼭 피해가야만 하는 독이 있다."

"아버지께서 피해야 하는 독이라니, 그게 무엇입니까?"

"그것은……."

"…무형지독과 삼양화."

"예?"

"무형지독과 삼양화. 제일마조차도 대항할 수 없다고 말한 독이다."

"그런……!"

시고조차 피해야 하는 독. 하지만 그렇기에 당가는 그런 위험한 독을 만들었으면서도 사용할 엄두도 내지 못했다. 사용하기도 전에 독인이 먼저 녹아버리기 때문이었다.

소혼은 침음성을 흘렸다.

"무형지독이 사부님의 몸속에 퍼지기 전에 빙정으로 사부님의 신체 활동을 정지시킨 것이냐?"

"그렇습니다."

"음……."

"아버지의 내력이 가까스로 무형지독을 막아내고는 있지만, 그것만으로는 위험할 것 같아서……."

"나중에 사부님께서 깨어나신다면 단단히 성을 내시겠구나."

대마종은 그런 존재였다. 수치를 안을지언정 당신의 목숨을 내버리는 존재. 절대 굽히지 않는 대나무 같은 사람이었다.

하지만 아들이라는 존재가 그렇게 할 수 있을까. 아버지를 하루라도 더 살리고 싶은 것이 아들의 마음이었다.

"방도는 내가 구하겠다."

"예……?"

"무형지독을 풀 방법을 내가 찾겠다는 뜻이다."

"하지만……!"

"네가 이런저런 일을 한 것쯤은 알 수 있다. 하지만 더 깊이는 파고들지 못했을 것 아니더냐?"

"……."

"나에게 방도가 있으니 그렇게 알거라. 나는 이제 중원으로 건너가려 한다."

"진성 일당을 죽이려고 그러시는 겁니까?"

"그렇다."

"안 됩니다. 위험합니다!"

"어째서?"

소혼은 혁리빈현을 바라보았다. 혁리빈현은 진실을 알고 있는 몇 안 되는 인물 중 한 명이다. 때문에 진성에 대한 분노가 누구보다 클 것이면서 어째서……?

"진성은 인간이 아닙니다."

"인간이 아니다?"

"네. 녀석은 이미 전성기 때의 아버지를 뛰어넘었습니다. 다른 오대수가 합공하여도 일 초를 당해낼 수 없었습니다."

역시나 그랬다. 소혼이 강해지듯 진성도 강해진 것이다. 전과는 몰라보게 말이다. 어떤 방법을 찾았는지는 몰라도 아마 지금의 그와 비슷한 경지일 것이다.

"나 역시 강해졌다. 그러니 뒷일은 걱정하지 마라. 그보다 진성이 어디로 움직이고 있는지 아느냐?"

"그것이라면 여기……."

혁리빈현은 품에서 서류를 꺼냈다가 아차 싶었다. 같이 있어서 몰랐는데 소혼은 앞을 보지 못하는 맹인이었던 것이다. 하지만 소혼은 그것을 받아 챙겼다.

"읽는 방법은 따로 있으니 걱정 마라. 그나저나 이런 것은 잘도 챙기고 있었구나."

"사형께서 늘 입에 담으셨지요. 적을 치려면 그만큼 철저히 준비해야 한다."

소혼은 고개를 끄덕였다. 입가엔 흐뭇함이 달렸다.

"한데……."

"왜? 더 할 말이 있느냐?"

"수연에 대한 것입니다."

"……."

혁리빈현은 수연과 사촌지간이었다.

"진성이 수연을… 약혼자로 삼았습니다."

"…그것은 진성과 만났을 때 끝날 이야기다."

소혼은 대화를 끝내고서 바깥쪽으로 길을 걸었다. 그 뒤로는 혁리빈현과 대화를 나누지 않았다.

삼 년 만의 재회를 이루었지만, 그들은 단순히 몇 마디 하는 것만으로도 충분했다.

"빈현."

"말씀하십시오, 사형."

"진성과 다른 놈들은 내가 칠 것이다. 그러니 너는 네 뜻대로 교를 개혁해 보아라. 사부님과 내가 없는 지금… 교는 너의 것이다."

"알겠… 습니다."

짧은 대화가 끝나고 문이 열렸다.

끼이이익.

천마전 바깥에는 수많은 마인들이 서 있었다. 저마다 병장기를 꺼내고서 당장에라도 달려들 태세였다.

소혼은 그들을 보며 짤막하게 말했다.

"아직 치워야 할 것이 많나 보군."

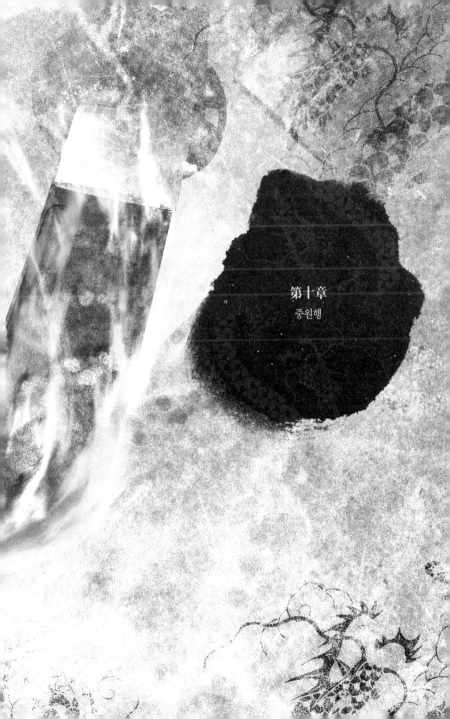

第十章

중원행

神刀無雙
신도무쌍

"**죄**인 비연은 들으라!"

서릿발 같은 기세다. 땅을 흔들 정도의 괴성이었다.

천마전을 둘러싼 마인들은 족히 몇백은 더 되어 보였다. 소란을 듣고 온 이들이 대부분.

저마다 병장기를 꺼낸 것이 잔뜩 긴장한 듯 보인다.

소교주가 뇌옥에서 나와 무천단을 비롯한 무수히 많은 이들을 베어 넘긴 것은 그들에게 아주 큰 충격으로 다가왔다.

무공을 전폐하고 다시는 도를 손에 쥘 수 없도록 만들어놓았는데, 소교주는 전날의 무위를 되찾아 돌아왔다.

삼 년. 결코 길다 할 수 없는 시간 동안 말이다.

"이게 무슨 일이냐!"

혁리빈현이 앞으로 나서며 소리쳤다.

소혼을 보호하려는 모습이 강해 보였다.

"반세맥주는 더 이상 죄인을 옹호하지 말고 그곳에서 나오시오!"

소리를 친 자는 백검환마(白劍幻魔)였다. 정마대전에서 혁혁한 공을 세워 장로원주로 추대된 자. 그의 뒤로도 많은 숫자의 마인들이 보였다. 장로들이었다.

"죄인을 처단하려 하니 반세맥주께서는 물러서시오."

"누구를 죄인이라 한단 말인가!"

"교주를 시해한 것으로도 모자라 이제는 죄없는 교도들까지 죽인 자요. 저자의 손에 스러진 전각이 수십 개며, 죽은 교도의 숫자만 물경 수백을 넘긴단 말이오. 그러고도 죄인이 아니라 할 수 있겠소?!"

"누가 교주를 시해했단 말인가! 진성을 비롯한 다른 오대수가 저지른 함정에 언제까지 부화뇌동할 속셈이냔 말이다!"

혁리빈현은 평소의 그답지 않은 모습을 보였다. 언제나 입가에 미소를 달고 피를 무서워하는 아이였는데, 세월과 환경은 그를 저렇게 다른 사람으로 바꿔놓았다.

소혼은 더 이상 혁리빈현을 자신과 연루시킬 수 없었다.

사부를 해한 것은 누명이라고 하지만 어찌 되었든 교도들을 벤 것은 사실이다. 혁리빈현을 더 이상 교의 죄인과 연관시켜서는 안 되었다.

"빈현, 그곳에서 나와라."

"아닙니다, 사형. 당신은 제가 지켜드리겠습니다."

소혼은 고개를 저었다.

"지금부터는 나의 일이다."

소혼은 혁리빈현을 지나치며 그에게 전음을 남겼다.

[말했을 거다, 이제 교는 너의 것이라고. 그 바탕, 지금 내가 만들어주마.]

'사형……?'

혁리빈현의 눈동자가 동그랗게 떠질 때쯤, 소혼은 어느새 백검환마 앞에 서 있었다.

"오랜만이로군, 환마."

"죄인으로서 벌을 받을 각오는 되었는가?"

소혼의 입술이 비틀어졌다.

"교의 죄인이라는 것은 부정치 않는다. 하지만 너희들에게 징치되고 싶은 마음은 없다."

"뭣이?"

"그동안 잘 모르고 있었는데, 환마 당신은 오래전부터 진성의 뒤에 서서 많은 짓을 저질렀더군."

"그, 그게 무슨 소리인가!"

많이 당황하는 기색이 역력했다. 하지만 소혼의 어투는 비단 백검환마에게만 향해 있는 것이 아니다.

"당신뿐만이 아니다. 죽은 음양쌍마, 신고마, 천리웅까지… 장로원과 대부분의 전당의 전주, 당주들이 다 진성과 연루되어서 여태껏 마교를 갉아먹고 있었어."

진성에 의해 누명을 쓰고 나서 소혼은 자신을 끝까지 믿고 따르던 수하들을 통해 장로와 각 전주와 당주들의 뒷조사를 행했다.

그리고 충격적인 사실을 알아낼 수 있었다.

마교의 어른들이라 할 수 있는 이들의 대부분이 진성과 한 번씩 접촉한 것으로 밝혀진 것이다.

그뿐만이 아니었다.

이들과 진성의 뒤를 캐어가니 그 끝에는 정체를 알 수 없는 괴조직이 보였다.

아주 오래전, 족히 수십 년 전부터 마교에 어둠의 손을 뻗친 조직. 그들은 자신들의 조직에서 나온 인물들을 투입시키거나 마인들을 회유하는 방식으로 마교를 암중에 장악해 나갔다.

이 사실을 알고 나서 소혼은 교를 한바탕 뒤집어 마교를 괴조직에 넘기려 한 이들을 모두 베려 했다.

하지만 이를 눈치챈 괴조직에서 먼저 소혼을 쳤다.

뛰어난 고수들을 보내 반세맥을 단숨에 허물어 버린 것이다. 개중에는 대마종과 비교해도 절대 꿇리지 않을 만큼의 실력을 지닌 절대고수도 있었다.

그들은 마무리로 신마맥과 다른 오대마맥을 충동질시켜 반세맥을 철저하게 붕괴시켰다.

이 와중에 소혼의 오른팔이라 할 수 있는 이들이 대부분 적도의 칼에 의해 쓰러졌다.

결국 소혼은 교주를 시해하고 또한 역모까지 꾸몄다는 죄목으로 뇌옥에 갇히게 되었다.

하지만 소혼은 잊지 않았다.

진성과 오대수, 그리고 그들과 연루된 자들까지.

그들의 뒤를 봐주고 있는 괴조직에 대해서는 알아낸 바가 적었지만, 그것만으로도 충분했다. 중원으로 넘어가서 괴조직의 정체를 알아내는 방법은 따로 생각해 두었다.

그리고 지금,

저들과 연루된 이들이 여기에 있다.

소혼이 무작정 뇌옥을 나와서 칼을 휘두른 것이 아니다.

그는 철저하게 괴조직과 연루된 간부들만이 있는 전각들을 태웠다. 그 와중에 호교전과의 충돌도 있었지만, 주인을 부르려면 개새끼부터 쳐야 하는 법이었다.

지금 천마전 앞에 선 이들이 대부분 그런 이들이었다.

뇌옥에 가둬두었다고 생각했던 소교주가 나와서 깽판을 치고 있다고 하니 혹여나 각개격파를 당할까 봐 저들끼리 왕창 몰려와 소혼을 치려 하는 것이다.

그것도 대부분 신마맥을 위시한 천겁맥, 역천맥, 환도맥에

줄을 선 자들.

아직 모습을 드러내지 않은 놈들도 있었지만, 그런 놈들은 대부분 잔챙이에 지나지 않았다.

"삼 년 전에 못다 했던 것, 지금 이루어주지."

소혼의 냉소가 진해졌다.

그때 치지 못한 것을 지금 쳐버리겠다는 의도였다.

"전날의 무위를 되찾았다고 해서 자만하지 않는 것이 좋을 거요. 우리도 놀고 지냈던 것은 아니니까."

백검환마의 눈가에 살기가 어렸다. 그 역시 성란육제에는 오르지 못했지만, 초절정고수라는 신주삼십이객에 오른 일원이었다.

그리고 이곳에는 자신과 동등한 실력을 지니거나 약간 떨어지는 이들이 즐비했다.

사도수가 제아무리 공포의 상징이었다 하더라도 지금의 전력이면 성란육제도 칠 수 있다는 게 그의 생각이었다.

"쳐라!"

백검환마의 명령은 짧았다.

소혼도 더 이상 길게 끌기 싫었기에 칠보환천을 강하게 지르밟았다.

"나를 그저 단순히 전날의 비연이라고 생각했다면 너희들은 큰 오산을 한 것이다."

횡!

분천도가 질주를 시작했다.

순백색 도신에 새겨진 분홍빛 선이 빨갛게 타올랐다.

광염. 붉은색 불길이 도신을 휘감으며 천지를 때렸다.

쾅!

단 한 번의 칼질과 함께 회오리가 불었다. 분천삼도 열권
풍. 그 장엄한 광경에 마인들은 할 말을 잃었다.

백검환마는 높이 뛰어올라 검을 높이 치켜세웠다. 검신을
따라 일렁이는 마기를 더욱 짙게 태웠다.

강기와 화기의 충돌. 검신을 따라 후끈한 열기가 전해졌
다.

백검환마는 재빨리 검을 회수해야 했다. 뜨거움을 잊는다
는 수화불침의 경지에 오르지 않는 한, 소혼과의 백병전은 최
대한 피해야 할 요소임을 몰랐던 것이다.

"일 보."

소혼은 한 발을 강하게 내디뎠다. 동시에 그의 신형이 뒤틀
리는가 싶더니 어느새 백검환마의 면전에 섰다.

쏴아아악!

일도참과 함께 불꽃이 벼락이 되어 내리꽂혔다.

백검환마는 검을 한차례 휘둘러 분천도의 직단세를 가까
스로 막아냈다. 동시에 부운약영의 수로 퇴보를 밟았다. 최대
한 거리를 벌릴 심산이었다.

하지만 소혼은 과거에도, 현재에도 절대 한 번 잡은 먹이를 놓치는 성격이 아니었다.

"이 보."

두 번째 걸음과 함께 광염사도가 떨어졌다. 희멀건 광염과 함께 들이닥치는 쾌도에 백검환마는 최대한 납작하게 엎드려 땅바닥을 굴렀다.

"이이이익!"

무인들이라면 누구나 다 멸시하는 뇌려타곤의 수를 직접 펼칠 줄이야. 백검환마는 부끄러움에 몸을 떨었다.

하지만 그에게는 명예보다 목숨이 더 먼저였다.

"삼 보."

세 번째 걸음. 이번엔 일도참이었다. 뱀처럼 길게 따라붙는 분천도에 백검환마는 왼팔을 내어줄 수밖에 없었다.

"크아아악!"

고통에 찬 소리를 지르는 백검환마. 다른 장로와 마인들이 그런 그를 도와주려 했다.

"죽어라!"

"나락에 떨어져!"

소혼은 예의 그 차가운 웃음을 잃지 않은 채로 분천삼도를 펼쳤다.

쿠르르릉!

다시 한 번 부는 회오리. 불꽃에 많은 이들이 휘감기고, 회오리에서 흘러나온 칼바람에 다수가 무참히 도륙당했다.

"사 보."

칠보환천의 네 번째 걸음은 광염사도와 함께했다.

샤아아악!

"크악!"

"살려… 커억!"

아비규환. 비명만 지를 뿐이다. 분천도가 떨어지는 곳은 언제나 두 가지만 존재했다.

비명, 그리고 죽음.

"미쳤어……. 이건 정말 미친 짓이야……."

마인들은 말을 이을 수가 없었다. 소교주를 베러 왔다가 졸지에 학살만 당했다. 이제는 싸울 의지마저 꺾였다.

실력 차이가 보통이라야지 어떻게 해볼 터인데, 이 정도나 차이가 나는데 어찌 다른 말을 할 수 있을까.

신주삼십이객에서도 최상위에 속한 이들이 아니면 절대 막기 힘들 실력이 아닌가.

"마탄 전열!"

하지만 살아남기 위해서는 어떻게든 무슨 방법이라도 강구해야만 했다.

이화마군(離火魔君) 혁유명이 그러했다. 그는 절대 의지를 잃지 않았다.

정마대전 당시에 화약과 폭약으로 수많은 정파인을 떼 몰살시켜 폭마(爆魔)로도 유명한 그는, 자신이 직접 키운 정예 부대 이화단으로 하여금 소혼에게 총구를 겨누게 했다.

혁유명이 특별히 제작한 화약을 이용해 만든, 무수히 많은 무인들이 암거래라도 구하고 싶어하는 마탄총. 수백 발의 총구가 겨누어진 광경은 장엄하다 못해 비범하기까지 했다.

"쏴라!"

타다다다다당!

혁유명의 명과 함께 수백의 총구가 일제히 불을 뿜었다. 총탄은 접촉물과 마주한 즉시 폭발까지 하기에 한 번 정한 상대는 절대 살려두질 않았다.

하지만,

휭!

열권풍에서 인 열풍이 단숨에 마탄을 집어삼켰다.

콰아아앙!

"오 보."

소혼의 다섯 번째 걸음은 혁유명의 등 뒤에서 나타났다.

"혁유명, 나는 옛날부터 당신에게 말했다. 무인은 절대 신병이기에 집착해서는 안 된다고. 이기에 마음을 빼앗기는 즉시, 그것은 더 이상 무인이라 불릴 수 없다고. 그런데 당신은 나의 말을 귓등으로 알아들었군."

"개소리……!"

"나중에 지옥에서 보자."

소혼은 광염사도로 혁유명의 목을 깨끗하게 베어 넘긴 다음, 왼손에 화기를 가득 담았다. 그리곤 겹천단을 태워 버릴 때 사용했던 방식을 따랐다.

펑!

열양장을 때리자 곧 거친 화마의 불길이 이화단 전체를 휩쓸었다.

"크아아아악!"

이화단은 무수히 많은 폭약을 가진 단체. 폭약은 불꽃과 마주쳤을 때에 폭발한다.

콰앙! 콰앙! 콰앙! 콰아아아앙!

수없이 터지는 폭발.

그들이 있는 곳은 이제 불의 바다라고 해도 과언이 아니었다.

그리고 소혼의 걸음도 이제 마지막을 향해 달려갔다.

"육 보."

종횡무진 곳곳을 누비며 일도참과 광염사도로 마인들의 목을 날려 버렸다.

끝까지 반항을 하려 했던 이들도 있었지만, 결국 소혼의 일초지적조차 되지 못했다.

촤아아악!

붉은 핏물은 언제나 그렇듯 열기에 의해 증발한다.

"어땠나?"

소혼을 죽이려 했던 이, 백검환마. 그는 자리에 털썩 주저 앉은 채 벌벌 떨었다.

"너는… 인간이 아니야……."

소혼은 씨익 미소를 띠었다. 조소였다.

"이미 삼 년 전부터 나는 인간이 아니었다."

쉭!

퍽!

분천도는 백검환마의 가볍게 베어버렸다.

"칠 보."

"맹주… 우리는 어떻게 해야 합니까?"

혁리빈현의 시선은 소혼에게서 떨어질 줄 몰랐다.

본래 그가 강하다는 것은 알고 있었지만, 이렇게 강할 줄은 꿈에도 몰랐다.

신주삼십이객에도 엄연히 등급이 있다고 하더니, 한때나 마 교의 전설이었던 인물은 달라도 뭔가가 달랐다.

혁리빈현은 길게 한숨을 내쉬었다.

"우리가 할 일은 당연히 하나이지 않은가?"

수하에게 명을 내렸다.

"비상 경계령을 내리고 수하들을 풀어 장로원, 천원당, 천 마전까지 모두 장악하라. 저들이 사라진 이때가 우리가 다시 일어설 수 있는 유일한 기회다."

"존명."

수하는 명을 받고 자리를 벗어났다.

사사건건 반세맥의 활동에 제지를 걸었던 자들.

그런 이들이 지금 사라졌다. 교는 소혼의 등장으로 말미암아 공황 상태에 빠졌다. 이때가 교의 전권을 탈환할 수 있는 유일한 기회였다.

"네 뜻대로 교를 개혁해 보아라. 사부님과 내가 없는 지금, 교는 너의 것이다."

언뜻 스쳐 지나가면서 했던 말의 뜻을 이제야 알겠다.

"하지만 정작 내가 필요한 것은 사형 바로 당신인데 말입니다……."

시뻘건 화염.

붉은 혓바닥 속에 수많은 이들의 영혼이 스러졌다.

광염은 시체조차 남기는 것을 허락지 않았기에 얼마나 많은 숫자의 목숨이 사라졌는지 확인할 길이 없었다.

다만 한 가지는 확실했다.

소혼. 그의 등장으로 인해 마교는 큰 변환점을 맞이했다는 점. 그것이 옳든 나쁘든 이 일은 백 년 이래 가장 큰 사건 중 하나였다.

마인들은 불바다 속에서 공허하게 서 있는 소혼을 그저 멍하니 지켜봐야만 했다.

달려들 생각도, 그를 막을 생각도 없었다.

그동안 마교를 좀먹던 이들을 단숨에 쳐내는 것이 통쾌했지만, 한편으로는 한때 수하였던 이들까지 베는 잔인한 성정에 치가 떨렸다.

하지만 그들이 소혼을 막지 못하는 이유는 다른 곳에 있었다.

강자존(强者存).

강한 자만이 살아남는다.

약육강식의 세계가 어느 곳보다 강한 마교이기에 그들은 소혼을 막을 수가 없었다.

저벅저벅.

소혼은 불바다 속을 거닐었다.

혁리빈현에게 작별 인사는 하지 않았다.

진성과 다른 오대수에 대한 정보도 얻었고, 그동안 교를 좀먹고 있던 좀벌레까지 모두 쳐버렸으니 더 이상 교에 대한 미련은 남아 있지 않았다.

저벅저벅.

그의 신형은 점차 작아져 이내 사라졌다.

'안녕히 가십시오…….'

혁리빈현은 허리를 숙여 사형의 마지막 가는 뒷모습을 배웅했다.

화르르륵!

불꽃이 내는 검은 연기만이 이곳에 무슨 일이 있었다는 것을 알려줄 뿐이었다.

*　　　*　　　*

소혼은 천산을 나와 산맥을 따라 쭉 내려왔다.

마교가 위치한 천산 일대는 십만대산으로 이어져 있다.

밑으로 내려가면 중원에서는 보기 힘든 저지대나 사막도 존재한다고 하지만 이 일대는 모두 산이었다.

소혼은 사흘 동안 묵묵히 계속 산을 오르고 또 내려갔다.

배가 고프면 나무의 열매를 따먹거나 토끼 같은 동물을 잡아서 배울 채우고, 목이 칼칼하면 인근 계곡물로 목을 축였다.

사람 하나 찾기 힘든 곳이라 사흘간의 여행은 약간 따분했다.

무간뇌옥에서도 사람은 거의 없었지만, 그래도 항상 시고가 옆에 있어 심심하지 않았기에 외로움은 더 깊어졌다.

"감정 같은 건 일찌감치 사라졌는 줄 알았는데……."

소혼은 쓸쓸하게 웃으며 산등성이를 내려왔다.

해가 졌다.

달이 뉘엿뉘엿 올라와 조용한 빛을 뿌릴 때, 소혼은 밤을 지낼 곳을 찾았다.

"음?"

그때, 소혼의 눈에 불씨가 잡혔다. 나무를 모아 불을 피우고서 그 위로 토끼를 굽는 남자가 있었다.

나흘 만에 겨우 찾은 사람이다.

소혼은 남자에게 다가가 반갑게 인사했다.

"실례하오."

조용히 토끼를 굽고 있던 남자가 고개를 들어 시선을 올렸다. 많이 잡아봐야 사십이 겨우 넘었을까. 호쾌한 인상이 인상적인 중년인이었다.

"나흘 동안 홀로 여행해서 그런데, 잠시 이곳에서 휴식을 취할 수 있겠소?"

남자는 고개를 끄덕였다.

"오, 이런 산골 벽지에서 사람을 만나게 될 줄이야. 나야 반갑지. 어서 여기에 앉아서 몸이나 녹이시구려."

"고맙소."

소혼은 싱긋 미소를 지으며 불가 옆에 앉았다.

남자는 토끼 다리 한 짝을 뜯어 소혼에게 건넸다.

"많이 출출하지요? 이거 먹고 속이나 푸시구려."

"신세 끼치는 것 같아 죄송하오."

"껄껄, 사해가 동도라는데 이 정도도 못해줄까."

"그럼 실례를 무릅쓰고 먹겠소."

소혼은 다리를 받았다. 다리를 건네는 와중에 불빛이 소혼의 얼굴을 밝혔다. 남자의 눈동자에 이채가 어렸다.

"눈이……."

"어렸을 적 사고로 인해 두 눈이 멀었소. 지금은 익숙해져서 이렇게 홀로 여행해도 아무렇지 않다오."

"그렇구려."

남자는 소혼의 설명에 고개를 끄덕였다. 제아무리 호한이라도 상대가 장애를 가지고 있다면 은연중에 무시를 할 법도 한데, 남자는 오히려 눈을 다치게 된 사연을 묻게 된 것을 미안해하는 듯했다.

'호한이로군.'

소혼의 남자에 대한 인상은 좋았다.

처음 마주한 사람에게 자신의 먹을 것까지 내주는 것은 절대 쉬운 일이 아니기 때문이었다.

고기를 먹고 있던 와중, 남자가 무언가를 꺼냈다.

"혹시 술 좋아하시오?"

"술?"

"하핫, 행장의 아픈 곳을 찔러 미안하다는 뜻에서 주는 것이니 사양하지 말구려."

자그마한 호리병이다. 살짝 흔들자 출렁이는 소리가 들리는 것이, 꽤나 잘 담근 술이 들은 듯싶었다.

"고기도 얻어먹고 술까지… 줄 것은 없는데 미안하게 받기만 하는구려."

"말했지만 사해가 동도라 하지 않았소? 이런 변방에서 만난 것도 인연인데 술이나 한잔 나눕시다."

남자는 '자자, 사양치 말고'라 말하면서 술잔에 술을 콸콸 따랐다. 소혼은 쓴웃음을 지으며 술을 받아 입에 넘겼다. 화끈한 열기가 목 언저리를 적셨다.

"어떻소?"

"맛이 시원하구려."

"허허, 본 교에서 직접 담근 마혼주(痲魂酒)라는 것이오. 한 번 마시게 되면 혼이 마비되고 백이 달아난다고 해서 붙여진 이름이지. 사실 술이라기보다는 독, 그것도 산공독(散功毒)에 가깝다오."

"마혼주……?"

소혼은 순간, 속에서부터 치미는 무언가를 느꼈다.

울컥 하는 사이에 그의 입가엔 어느새 선혈이 흘러내렸다. 입가에 비릿한 혈향이 맴돌았다.

"너는… 누구냐……?"

이건 술이 아니다. 독이다. '본 교'에서 왔다고 했다. 소혼을 죽이기 위해 마교에서 보낸 자객임에 틀림없었다. 남자는 생긋 웃었다.

"그렇게 난리를 치고 갔는데도 아무도 따라붙지 않는다는

것을 의아하게 여기지 않았었나?'

"다시 묻겠다……. 너는 누구냐……?"

소혼은 다시 속에서부터 치미는 피를 울컥 내뱉으면서 말을 이었다. 남자는 혀를 차며 자신의 허리춤에 달린 검갑을 톡 하고 쳤다.

"나? 승태림이라고 한다."

소혼은 남자의 별호를 입에 담았다.

"수라마검(修羅魔劍)……."

삼정삼마. 성란육제를 구성하는 여섯 절대자 중 한 명. 베일에 가려져 삼십 년 넘는 정마대전 때조차 단 한 번도 모습을 드러내지 않았던 이가 지금 이곳에 나타났다!

"반가워, 전 소교주."

수라마검 승태림의 미소는 너무나 차가워 보였다.

아직 소혼과 마교의 싸움은 끝나지 않았다.

『신도무쌍』 2권에 계속…

은하의 계곡

무천향
武天鄉

허담 新무협 판타지 소설

뿌리를 찾아가는 목동 파소의 여행.
그 여정의 끝에서
검 든 자들의 고향 대무천향 (大武天鄉)을 만난다.

검객 단보, 그는 노래했다.

…모든 검 든 자들의 고향 무천향.
한 초식의 검에 잠든 용이 깨어나고, 또 한 초식의 검에 잠든 바다가 일어나네.
검의 흐름을 따라가다 보면 어느새, 세월도 잊어버리고, 사랑도 잊어버리고,
무공도 잊어버려…….
결국에는 자신조차 잊어버리는…….

은하의 가장 밝은 빛이 되어버린다는
그 무성(武星)들의 대지(大地).

아, 대무천향(大武天鄉)이여!

유행이 아닌 자유추구 -
WWW.chungeoram.com
Book Publishing CHUNGEORAM

閻王眞武

염왕진무

김석진 新무협 판타지 소설

"그, 그럼 어디서 오셨습니까?"
무심하게 고개를 돌리며 진무가 속삭이듯 말했다.

……지옥에서.

인간이라면 절대 익힐 수 없다는 강호삼대불가득!
그것에 얽힌 비사를 풀기 위해 그가 강호로 나섰다!
피처럼 붉은 무적의 강기, 혼돈혈애를 전신에 두르고
수라격체술과 염왕보로 천하를 질타하는 쾌남아, 진무!
염왕의 진실한 무학을 발현하여 무림삼패세와 고금십대천병을
이겨내고 속세의 악업을 심판하는 진정한 염왕이 되어라!

이제 강호는 진무의
일거수일투족에 열광한다!

유행이 아닌 자유추구 -
WWW. chungeoram.com

Book Publishing CHUNGEORAM

신일룡
新무협 판타지 소설

풍신유사

태고(太古)에 세상을 구성하는
세 가지 기운이 있었다.

그것은 빛[光], 땅[地], 그리고 물[水]이었다.
이것들이 서로 조화되어 만휘군상(萬彙群象)을 이루었다.
그리고 이들 사이에서 또 하나의 기운이 탄생했으니,

그것은 바로 바람[風]이었다.

'풍령문' 제삼십구대 전인 관우.
제세(濟世)의 사명을 위한 길이 그의 앞에 펼쳐졌다.

"사람이 어찌 하늘의 뜻을 다 알 수 있을꼬?"

바람에 미쳐 바람이 된 자.
사람이되 신이 되어버린 자.
하늘의 뜻을 좇아 하늘을 거역한 자.

이것은 그에 관한 '남겨진 이야기[遺事] 다.

유행이 아닌 자유추구 —
WWW.chungeoram.com
Book Publishing CHUNGEORAM

絶代君臨
절대군림

장영훈 新무협 판타지 소설

문피아 골든베스트 1위, 선호작 베스트 1위

「보표무적」, 「일도양단」, 「마도쟁패」에 이은 장영훈의 네 번째 강호이야기.

절대군림

"왜 나를 선택했지?"
"당신은 좋은 어른이니까."

호북 제패를 시작으로 적이건의 강호 제패가 시작된다.

"비록 아버지의 강호가 옳다 해도, 난 어머니의 강호에서 살 거야.
아버지의 강호는 너무… 고리타분하거든."

왼손에는 군자검을, 오른손에는 지옥도를 든 천하제일 과일상 행운유수의 장남 적이건.
그의 유쾌하고 신나는 강호제패기

"문파를 세울 거야. 이 강호에서 가장 강하고 멋진."